大同幻影

凌 晨 著
支晓光 插图

山西出版传媒集团
山西教育出版社

图书在版编目（CIP）数据

大同幻影 / 凌晨著. — 太原 ：山西教育出版社，2021.3

ISBN 978-7-5703-1445-4

Ⅰ. ①大… Ⅱ. ①凌… Ⅲ. ①幻想小说—小说集—中国—当代 Ⅳ. ①I247.7

中国版本图书馆 CIP 数据核字（2021）第 018309 号

大同幻影

DATONG HUANYING

责任编辑 白 宁
复　　审 裴 斐
终　　审 彭琼梅
装帧设计 孟庆媛
印装监制 蔡 洁

出版发行 山西出版传媒集团・山西教育出版社
地址：太原市水西门街馒头巷 7 号
电话：0351-4729801 邮编：030002
印　　装 山西天每印业有限公司
开　　本 890×1240 1/32
印　　张 5.5
字　　数 76 千字
版　　次 2021 年 5 月第 1 版 2021 年 5 月山西第 1 次印刷
印　　数 1—5000
书　　号 ISBN 978-7-5703-1445-4
定　　价 24.00 元

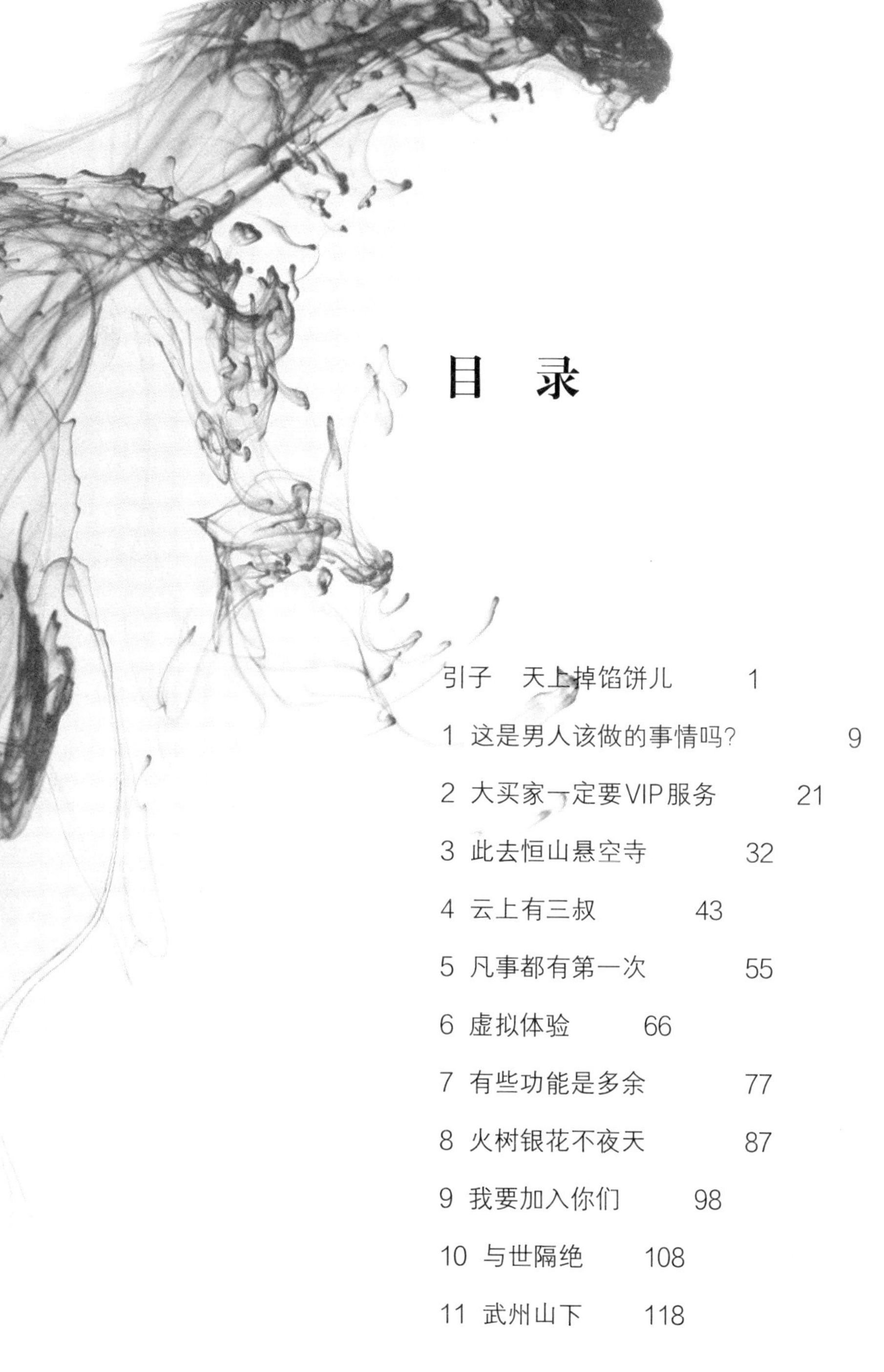

目　录

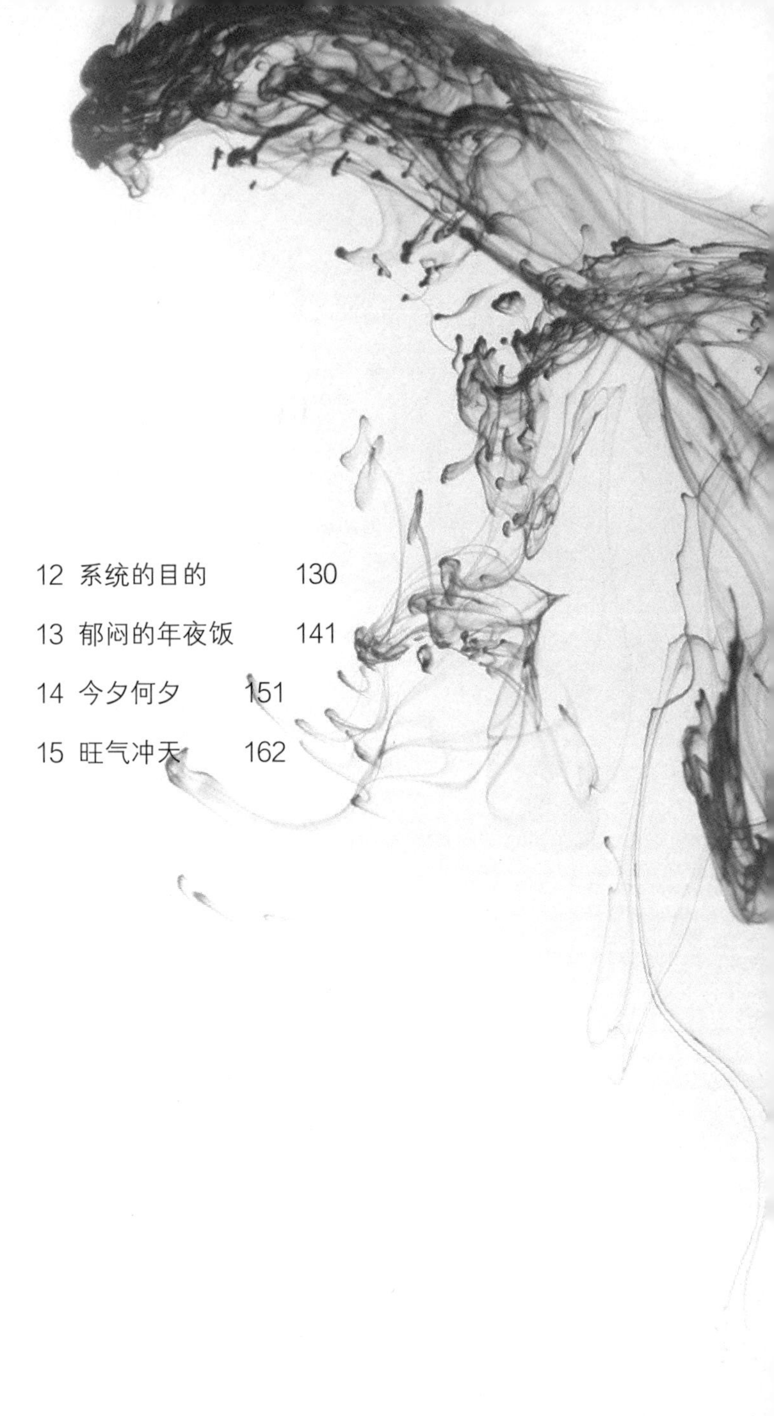

引子　天上掉馅饼儿

“太阳当空照，花儿对我笑，小鸟说早早早，你为什么背上小书包！”清脆嘹亮的声音在耳边回响，这节奏太熟悉了。

我不由得跟着歌声哼唱：“我去上学校，天天不迟到，爱学习爱劳动，长大要为人民立功劳！”

随着最后一个音符飘散，有个什么东西跳落在我的被子上，沉沉地像块石头压住我。但石头立刻动起来，并且开始抓挠我的被子。左右左右左右，踩着音乐节奏。

“太阳当空照，花儿对我笑，小鸟说早早早，你为什么背上小书包!”歌声循环第三遍。

“我去上学校，天天不迟到。”我跟唱到这里，腾地坐起来，抓住声音的来源，一只猪八戒外形的闹钟。

“老子不发威，你当我是加菲猫!”我怒。我奋力投掷，猪八戒在空中哆哆嗦嗦翻滚了5圈，跨出一条长达2.37米的弧度，撞击在门上。榉木制的门异常坚实，猪八戒连个坑都没有撞出，反而被弹开，狠狠地砸在地上，发出“咣当”的刺耳声音。

被子上，加菲猫闹闹抬起爪子，龇牙，冲我咆哮。

“没说你。”我急忙跳下床，刚刚躲开了闹闹的虎扑。闹闹一击不中，跳落到床上……没抓住床单，结结实实滑摔到地上，正好坐在已经破碎的猪八戒身上。

猫和钟再次发出刺耳的尖叫。

“江天!”爸爸警告的声音。

“赶紧吃饭！要不迟到了！”妈妈不耐烦的声音。

“天天，雪菜酱肉包凉了。”奶奶催促的声音。

“别急别急，爷爷送你去学校！”爷爷温厚的声音。

这些声音混杂在一起，热乎乎地从空气中奔跑出来，包围着我。我没来由地眼眶一热，感觉潮乎乎的有液体分泌出来。我这是怎么了？男子汉大丈夫，怎么一大早就眼泪汪汪的那么脆弱？

“江天！你快点！”妈妈的声音烦躁起来，仿佛马上就要冲到房间里，揪住我的耳朵，拖我出去，洗脸吃饭漱口，然后塞进她的车，飞奔去学校。

妈妈皱眉撇嘴满是焦虑的脸在我眼前晃动了一下，我的瞌睡虫顿时都被赶跑了，我清醒了，赶紧抓住椅子上的书包。书包很轻，不对劲。果然，拉开一看，里面什么都没有。语文书、数学书、英语书、语文综合练习册、数学每日一练、英语千词千句练习册、铅笔盒、科学课实验材料、跳绳、水粉颜料盒、中国书法入门行书套盒……有用没用一大堆东西都堆在书桌上。桌子上凌乱的样子像极了车祸现场。

“闹闹！你又扒拉我的东西！”我冲猫大叫。猫甩甩尾巴，丝毫没把我的叫嚷当回事。我没时间和它理论，匆忙挑拣今天要用的书本学习用具，一股脑塞进书包。一张纸从书本下露出脸儿来。

是通知。全国数学竞赛的通知。糟糕，我都忘记这次考试了。据说，考试成绩好的学生，可以直接上大学！成绩好，那得好到什么程度啊，对了，老师说有加分，满分是100 + 20……

胖胖的教务处张主任站在讲台上，大声宣布：“江天同学，数学竞赛120分，而且加分题用了两种方法，额外获得10分，总分130分！江天获得了清华大学数学系的免试资格！只要他满18岁，就可以直接去上清华大学了！大家鼓掌！”

掌声整整齐齐响起来。我忽然想笑，却又有些脸红，应该站起来去领证书和录取通知书，可是腿软走不动，傻呵呵待在原地，看着张主任。

主任摇动手里红色的本本和蓝色的信封，对全班同学说：“猜猜这是什么？”

全班同学都摇头。

“是获奖证书和清华大学的录取通知书！”主任

猫甩甩尾巴，丝毫没把我的叫嚷当回事。

激动地说。

红色的获奖证书，蓝色的录取通知书，就等我去领。

真的嘛？真的耶！太好了，我可以不用再上学了。看来我这次比赛发挥不错啊，不但再也不会有同学叫我“数学小糊涂”了，我还用实力证明，我也是有天赋的！只是它在等待合适的时机展现！到18岁还有6年，我可以玩6年了。我要买一台竞技电脑，玩上三天三夜，说不定还能开发自己的游戏天赋，成为电子竞技选手！

哈哈……哈哈哈…哈……等等，等等，我怎么突然就到了学校里呢？不是说好了老妈送的吗？我不会是在做梦吧？还满分加满分，我得转多少条锦鲤才有这运气啊！

运气这东西，啥时候会从天上“啪”砸我头上？

不可能！

于是我就醒了。床头的夜灯还亮着，把它旁边的电子钟照得十分清楚。

“9点15！”我抓起电子钟，随即扔开，这个时间已经错过早饭，却还远离午饭，真让胃尴尬。我晃晃身子，每块骨头都格愣愣响，像在唱：“我饿了，我好饿，我太饿了！”

看来我真的做了一个梦。梦真太美了，我拿到了数学竞赛的满分！哼！不仅有加减乘除四则运算，还有多道应用题呢，鸡兔同笼啊，小明追妈妈啊，500米距离要种多少棵树，图书馆的400本书怎么分，这些统统都对我没难度！

呵呵，本来就该没难度，我阶段测试成绩不好那是我运气不好！我心里抱怨着，懒洋洋走到窗边，拉开窗帘。

窗外灰蒙蒙一片，找不到太阳在哪里。雪花如棉絮般漫天飞舞，遮掩了世间万物。我需要特别仔细地盯住雪花，才能从它们舞迹的缝隙里，看到对面悬空寺白雪勾勒轮廓的暗红身影。这身影巍然挺立，越发显出沧桑和坚毅。

想起来了，我这是在悬空寺宾馆！

我和韩彻，二爷爷还有三叔他们被大雪隔离了！

而我刚才那个真实到爆棚的梦境，应该是“云上三晋”这套虚拟增强现实技术搞出来的名堂。

这到底是怎么一回事儿？

诸位看官莫急，茶泡好了吗？瓜子花生准备好了没？

OK，你们喝着吃着，且听我慢慢道来。

听听科幻广播剧，
学学科幻小知识
开启你的科幻之旅

1 这是男人该做的事情吗？

我叫江天。黄河长江的江，天水一色的天。我上小学六年级，数学很好，春节过后，我就得回学校参加“欧几里得全球数学锦标赛”小学组的赛前培训。三月底全球比赛前，国内还有两轮考试，将决定谁能代表国家参加锦标赛。我目前积分只有6分，要想晋级至少还要拿到15分，这意味着最后两轮比赛我至少得有一轮得满分！

任务重，时间紧，我决定放弃春节的各种娱乐节目，专心刷题。

可是我家里这都什么人啊，搞得我这几天很烦，简直要烦死了。

客厅里妹妹江月在哭，我上去就是一巴掌："你哭什么哭？我才该哭！"

江月刚刚两岁，被我这大哥哥的一巴掌打懵了，大眼睛瞪圆，泪珠子在眼眶里晃晃，瀑布样流了出来。小姑娘咧开嘴巴，哭得更厉害了。

奶奶就从厨房中探出头来，骂："江天你这浑小子，你怎么又把妹妹弄哭了！"

我躁得不行，跳脚："她自个儿哭，关我什么事！"

"不关你事？你放假在家你不带妹妹你想干什么你！"奶奶挥舞手中的菜刀，"你小兔崽子你还有理了你！"

"奶奶！"我赶紧往妹妹嘴里塞块饼干，"我也想好好带妹妹。可您看，小舅叫我去帮他，我这儿还有一堆寒假作业要写！"

"那就先写了作业再去帮，多大点事情。"奶奶不快。

我愁眉苦脸向奶奶汇报:“可小舅说，寒假还长，他手边的事情却很要紧。叫我下午就去他的作坊。”我把作坊两个字咬得很重，有意突出它的不正规感。

奶奶却不上当，立场稳稳的:“你小舅叫你帮他，那你就去帮他呗!还磨蹭啥?”

我不由得惨叫一声:“奶奶——小舅叫我去剪纸!剪纸这是男人该做的事情吗?我,”一拍胸膛,“堂堂八尺男儿，就干这个?”

奶奶把菜刀放下，抄起笤帚,“剪纸怎么了?剪纸那是非遗!国宝!”

我嘟囔:“不就是张纸吗?还能是国宝?吹牛吧!”

奶奶的笤帚立马落在我身上，把我往大门那儿赶。奶奶真生气了:“去去!去你小舅那儿!不搞清楚剪纸为什么是国宝你甭回来吃饭!”真拉开大门把我推出去。

门外滴水成冰，冷风刺骨。我赶紧敲门。奶奶开条门缝，黑了脸问:“干啥?”

“您给我件羽绒服啊！”我嚷嚷，“为个剪纸，您要冻死您亲孙子啊！”

奶奶就把我的羽绒服扔出来，还附带一个耳罩，一双手套，吼：“戴齐全了，滚！”

大同的一月，北风正凛冽，平均气温零下15度，冰箱冷冻层都比这温度高点。尽管天上太阳高照，人站外面一会儿就冻得如冰棍般四肢僵硬。两天前才下了一场平均厚度2厘米的中雪，尽管道路上的积雪都被清理到了路边，路面还是有点打滑。我不敢跑，只能快走，风风火火狂奔200米，让冷气都追不上我。却没料到有人比冷气还快，斜刺里伸出手来一把将我抓住。我正要开口骂人，对方把蒙面的围巾摘下来。我定睛一看，却是同班同学，被大家称为“黑金刚”的韩彻。

一听这外号，就知道他皮肤黑，身形胖，性格憨实。他比我高出大半个头，拐弯抹角还和我有点亲戚关系。

“江天你这着急上火的要去哪儿？”韩彻问，松开手，“带我一起”。

“你发疯，就你？”我举起韩彻的手掌，“你这胡萝卜粗的手指头能干精细活儿？”

韩彻不服气：“咋不能干？俺昨天还帮俺大娘做花馍馍呢！”

我瞅瞅韩彻，退后几步再瞅瞅，瞅得韩彻浑身不自在。

韩彻嚷嚷：“看啥？我，韩彻，和你江天在幼儿园同窗3年，小学同窗5年，一起上六年级4个月了！你还不了解我？”

“了解了解！太了解了。你就是一看热闹不嫌事儿大的人！”我说，一拍韩彻的肩膀：“那你跟着我。我小舅那儿挺缺人手。”

“太好了。”韩彻兴奋，突然收住笑容，歪头想了想，特认真地问：“那你小舅，给他干活儿有工资没？”

“哼！”我不屑，“没工钱，谁给他白干呀？”

韩彻这才高兴起来：“太好了，那我就能买玩具城的那个机器人了。我老早就看中了，就是太贵。”

韩彻跟着我一起去坐公共汽车。等车的时候，韩彻才想起来还有个重要问题没问，连忙揪住我的羽绒服帽子问：“江天，你小舅那儿做啥呀？”

明堂是在北魏平城明堂的原址上复建起来的建筑物。

“剪纸！”我一本正经地郑重回答，“你能干不？”

韩彻犹豫了片刻，随即就憨直地说：“能干！有钱咱就能干！”

小舅的剪纸作坊在明堂遗址公园东门外，名叫“纸上锦绣”。明堂是在北魏平城明堂的原址上复建起来的建筑物。公元398年，北魏在大同建都，取名平城，为了有个举办大集会的地方，建造了明堂。大家都熟悉的《木兰辞》中有一句“归来见天子，天子坐明堂”，这个明堂的复制品就在我眼前，外形有点像北京天坛的祈年殿，不过下面是方的，规模也比祈年殿大了许多。这让我很为明堂骄傲。祈年殿和明堂的用处倒是差不多，都是古代帝王举办祭祀、朝会、庆赏、选士等大礼庆典的地方。

现在明堂北魏艺术博物馆，陈列着很多北魏时期的文物，证明我脚下这块土地曾经的富庶和繁华。小舅住明堂对面柳航里小区，经常拖着舅妈过来早锻炼，锻炼完后去大门外的得月楼吃牛肉烧麦、喝羊杂汤，然后散着步就走到了“纸上锦绣”工作。小舅特得意他的这种生活，常常和爸妈夸耀，大有让我以他为榜样的意思。

“我偶像是欧几里得。”我说，“《几何原本》影响了人类文明进程。小舅，你的剪纸能有这影响力吗?”

“呵呵，我的剪纸是艺术品!”小舅勉强争辩，“它影响了周边地区的大众审美!”

“所以这个审美很土味很老旧!”我本着辩论就要乘胜追击的原则，丝毫不给小舅留面子，“小舅，有40岁以下的人买你的艺术品吗?”

小舅气得拂袖而去。

现在，我却要来制造这个土味审美了。唉，罪过啊罪过!好在拉上了韩彻，让他帮我抵御一半土味审美的杀伤力!

“纸上锦绣”开设在一片仿古建筑中。三间房打通的宽大空间里，会客区、展示区、工作区依次排开，秩序井然。房间最里面的工作区里摆了张很大的老榆木桌子，桌上堆满了纸、笔、调料盒、刻刀以及各种小工具。

小舅站在桌前，正举了一张剪纸端详。他不到三十岁，眉目清秀，浅灰色毛衣外罩条亚麻色工作围裙，手臂上套了同色袖套，干净利落。他这身装束有北欧简约风，还带点江南的婉约，多时尚的审美啊，怎么偏偏做出来的剪纸大红大绿，全是乡村集市风，唉……

“江天，来了。”看到我，小舅就把剪纸递过来，眉眼含笑，声音欢快：“看看！”

这是一张狮子踩绣球图案的剪纸，居然不像一般剪纸都是大红大绿，还有蓝色、粉色、黄色和黑色，五六种颜色搭配得明亮热闹。狮子并不是传统的对称式样，摇头晃脑的样子还有了几分萌态，居然很好看。

“好看不？”小舅问，神态得意。

“好看。”我承认。我不喜欢剪纸，但我不会否认优秀的剪纸作品，我是正直坦诚的中国好少年！我盯着这张剪纸，反问：“但这个是剪纸吗？”已经繁复到艺术品的程度了，这不是一把剪刀就能搞定的普通剪纸。

“是啊。姥姥来视察过了，官批我把家传继承到了位！大同广灵剪纸一纸分三家，姥姥家‘剪纸侯’的祖传特点，就是以刻为主的点彩技法。广灵剪纸可是咱中国民间剪纸三大流派之一，唐朝那会儿就有了。”小舅解释。

我笑问：“‘剪纸侯’隔壁是不是‘馄饨侯’？”不知道怎的就把这两家不搭边的店凑一块儿了。

小舅被我气得吹胡子瞪眼，好脸色眼看就要垮掉，幸好韩彻认真追究：“这剪纸真的在唐朝就有了吗？那就传了一千多年了。”

小舅的好脸色维持住了，他回答道：“剪纸在唐朝那是雏形，明朝形成，清朝道光年间风格成熟。传到现在，正经二百多年了。”

“不就是窗花吗？”我撇嘴，“外面地摊五元钱一张，十元钱三张。”

小舅不高兴：“那是塑料的，工厂里机器做的，有灵魂吗？能和我这手工比吗？我这可是工艺品！”

韩彻翻动桌子上的一叠剪纸，那些五颜六色生动的图案吸引了他，也让他心里直打鼓，声音就有点打颤：“叔啊，您这工艺品我们能干吗？”

“别动，别动，动乱了次序就白干了。”小舅连忙把韩彻拉到桌子另一头，指指桌上的一包宣纸，“你们别的干不了，这个行。”

说着，小舅就把一张白纸拿过来。说是白纸，纸上却有一个黑白分明的图案。“这就是你们要剪的花样，叫熏样。姥姥那辈儿剪纸，要先剪个样贴，然后把样贴贴在白纸上，对着蜡烛或油灯烟熏，这样白纸上就会留下一个黑白样子，就是将要进行的剪纸的花样。现在不这么麻烦了，网上有现成的样子下载打印就成。不过我这个熏样，是姥姥家传下来的，还能用。”小舅解释，一边说，一边就拆开宣纸包，取出二十张宣纸，把熏样放在二十张宣纸最上面，用镇纸压实了。

“虽然名义是剪纸，但剪刀擅长的是将对折的纸剪成对称的图案，对于复杂一些的、不对称的图案，只能用刀刻了。”小舅递给我一把刻刀，指给我要刻的地方，“这刀大小适合你，一刻能刻出许多张剪纸。要垂直地沿着花样的边缘刻，这样上下层的剪纸才能一模一样。”

我和韩彻互相看了一眼，原来叫我们来是要干这个!

“刻出来了以后呢?”我问。

“刻好了就染色，染色比较麻烦，要求高。你们干不了。”小舅解释，挑了一把刻刀递给韩彻：“你力气大，用这把。好好干，我不会亏待你们。”

我转了转手中的刻刀，这个活儿看上去有趣，但好像又有点麻烦，我便半开玩笑半认真地问：“小舅您这算不算是用童工？”

“帮忙！你们是帮忙好不好！”小舅敲敲我的脑袋，“今年天气特别冷，雪特别多，大家更想能过个好春节，小舅的订单多得很。要是完不成，连你爸妈都得一齐来干活儿！”

2 大买家一定要VIP服务

我从前觉得，只有上了年纪的人才会购买小舅的剪纸，在春节来临前贴窗户上，和门神、春联一起组成“过节民俗套装”。门神可以驱鬼镇邪，春联兼具文学美和艺术美，都有实用价值。唯独这个剪纸冒充的窗花，想不出它的用武之地。

“既没有实际用途又缺乏大众审美，哼哼，你说它怎么可能好卖！”我悄悄对韩彻说，“我舅舅居然

门神可以驱鬼镇邪，春联兼具文学美和艺术美，都有实用价值。

能靠这个赚钱生活，瞎扯，他一定有别的买卖。”

“我觉得这剪纸很好啊。你哪儿来这么多意见！”韩彻摇头，还提醒我，“你用刀小心点儿，别刻歪了！”

这回轮到我鼻子气歪了，我嘲讽他：“时薪15元，每张剪纸再给你提成2元5角，你就胳膊肘往我舅舅那边拐了！”

“这些剪纸真挺好看的，贴在窗户上喜庆热闹。我要是早起一睁眼就看到它们，那一天心情都会棒棒的。”韩彻说，再次警告：“江天你手稳点，一歪，整叠纸可就都废了。”

我真后悔带韩彻过来，这家伙不但成了我的工作对手，还俨然代替了舅舅的监工一职。要搁古代，别远了，就一百年前的民国，怎么着我也该是少东家啊，你韩彻在我跟前豪横什么呢？

可是韩彻没多大工夫就熟悉了他的工作，下刀力度均匀，纸边齐整干净，图案一点儿走形都没有，而且还速度飞快。没多会儿他的动作就如行云流水，流畅得令人赏心悦目了。

我看得眼花缭乱，不得不承认韩彻在剪纸上的天分，于是一本正经地夸他："想不到你那胡萝卜手也能干这个。你行啊，有天赋！"

韩彻坦然收下我的表扬，丝毫不谦虚地说："嗨，这是舅舅教得好。说的都是要领，我领悟得快。也没太难的地方，就是费工夫。"

我们说话这工夫，有四五拨顾客陆续进店铺买剪纸，还有人过来取定制的剪纸，而且都衣着时尚，岁数不大。最让我诧异的，是居然有外卖和快递上门取货。

"本市送货上门，外地走快递。"舅舅面对我的疑惑也很疑惑，"你有什么问题吗？"

问题——好吧，我是挺纳闷的，市场真对传统剪纸的窗花有那么大需求量吗？

"马上就是春节！"舅舅对我的问题嗤之以鼻，"谁家不得贴几张窗花？而且我这个是手工制品，包含了对传统习俗的尊敬与发扬，还有传统审美所携带的吉祥、热闹和喜乐，你一小屁孩儿，你懂什么市场！"

"我，我是怕您卖便宜了亏待自个儿。"看到舅舅不悦的眼神，我决定放弃和他计较。毕竟，他喜欢剪纸。人家要是老攻击我看《几何原本》，我也会不高兴的。所以我聪明得赶紧找台阶下。

“那你有看我的标价了吗?”舅舅被我的突然转向逗乐了，“我都怕你骂我是奸商。”

“不能不能，”我赶紧说，“手工无价，没有标高价的问题，只有能不能欣赏的问题。”

舅舅笑，揉揉我的头发：“你小子能说会道！不错，将来铁定能成大器。”

“大器不大器的无所谓。我就想在大学里教数学。”我说。在我眼里，当老师是个太酷的职业，不但可以站在讲台上侃侃而谈，还能在45分钟之内随意支配一教室学生的情绪。尤其是数学老师，写一黑板数学方程和推算过程，让学生们看得眼花缭乱。哇，那感觉简直不要太爽！

舅舅愣了愣，对他这种高中勉强毕业的人来说，大学是难以想象的地方。他尽量去理解我的远大志向，但他真有些不明白：“你想当大学老师好哇！那咋就不能教中学了呢?”

“中学没有微积分，极限，空间解析几何与线性代数……”我随便说了几个大学高等数学的内容，反正舅舅也不懂。好吧，我说点他能懂的，“中学当老师要带一帮娃娃去打怪，娃娃能升级可老师升不了。大学当老师是我在后面督促一帮娃娃去打怪，打好了我捡装备，娃娃们也能随便升个级。”

“你这想法，这比喻，你是小学生吗？别是穿越过来的未来人吧？”舅舅哈哈大笑，他对不能理解的事物就都是一笑了之的态度，还挺可爱的。

“您就承认了吧，我是天才！”我说，“这不可耻！”

门铃声打断了我们的对话，这次进来了一位长者。

终于有超过50岁的人来买剪纸了，这证实了我关于剪纸是传统土味审美的代表。什么？前面那些顾客都年轻？那我不管，我是先有结论，再找证据来证明结论，这样可以保证我的结论百分之百正确！

而且这位长者，穿老粗布制的中式棉袄和手工缝制的千层底布鞋，银发白胡子，就差一根老榆木雕花头的拐杖了。一看就是会喜欢我家剪纸的目标顾客。

果然，舅舅看到他就笑着迎上去：“二伯，您老怎么有工夫过来？我这正打算找人给您送过去呢。”

“嗨，我进城采购，顺道过来拿是一样的，你还能省笔运费。”长者微笑。他看上去有多大年龄？70？不像。他红光满面，脸上一个褶子都没有，比我妈那张每日定时维护的脸看上去还要有精神。60？不像。那胡子和白发，分明是高龄老人的标配啊。还有这个二伯的称谓。好吧，虽然大同不是什么大城市，陌生人拐着弯地沾亲带故也有，可是我活了这么多年，还不知道舅舅有个二伯，那我得管他叫什么呀？

舅舅马上就给了我正确答案：“江天，快来叫二爷爷！”

二爷爷？好嘛，这是哪门子亲呢？我很乖地恭恭敬敬叫一声：“二爷爷好！”

二爷爷对我的态度十分满意，问我：“你就是江天？在这儿干吗呢？”

“小舅让我剪纸做窗花。”我老老实实回答。

“喜欢这工作不？”老人家又问。

“不喜欢。这活儿就不该男人来干。”我坦白。

小舅的脸色有点尴尬，二爷爷却抚须大笑：“哈哈，这活儿确实不该男人干！”他凑近我的脸。我这才看清楚他老人家脸上细碎的皱纹，像大海上的微小波浪，随着他的呼吸起伏不定。而且，在皱纹间还有指甲盖大小的老年斑。这二爷爷年龄真的不小了。

二爷爷问我：“江天啊，最好的裁缝是谁？”

“这……七仙女？”我不明白他的意思，胡乱回答。

“那是民间传说。哪儿来的七仙女？”二爷爷笑，“不知道了吧？最好的裁缝呢，中国有一个叫李春芳的，是大清朝末代皇后的专用裁缝，旗袍的最早设计者。美国有个查尔斯•詹姆斯，知道他同时代的人怎么评价他吗？”

“不知道。”我实话实说。

“评价说他不是在缝制衣服，他是在用布料盖房子，时尚界称呼他为时装雕塑家！这都是近代有史料可以核实的人物。”

然后呢？二爷爷您的重点是什么？

“最好的裁缝，古今中外，都是男的。”二爷爷说，“还有厨师、古筝琴师、绣花匠等好多的职业。

我告诉你，做得最好的都是男人！我不是看不起女人，但事实就是如此，她们虽然心灵手巧，可我们更出类拔萃！”

我听得心悦诚服，小舅舅和韩彻更是热烈鼓掌。二爷爷绅士般做了个“止”的手势，看向我：“你是不是觉得剪纸现在没啥用处，只有我这样老派的才喜欢？而且也不是真喜欢，只是春节需要用它来装饰窗户？”

二爷爷您难道是我肚子里的蛔虫？我想啥您都知道！算了，我不想了。

“闲了可以剪着玩儿。但我现在很忙，要准备数学竞赛……”我如实相告。

“这剪纸里也有数学啊！而且，能帮你长进的还不仅仅是剪纸，传统技艺和文化传承那都是无价之宝。”二爷爷激动地说，“小伙子，你跟我走一趟，我要让你看看，啥叫中华五千年文明！”

“二爷爷您别急。我这不还得给舅舅剪纸吗？等舅舅这儿不忙了，我再去向您请教传统文化。”我赶紧说。

二爷爷是真激动：“择日不如撞日。这就跟我走。不远，开车一个半小时的事儿!”

我看向小舅，他直摇头：“二伯，我好不容易找俩帮手，这大过节的生意上离不开人，要不等春节过了我亲自送他们过去。”

二爷爷却不答应，老头儿倔起来三头驴都拉不住，他问小舅：“我是你的什么级别客户?”

“钻石VIP。”小舅回答。

“那这个钻石VIP都有啥待遇啊?”二爷爷继续问。

“心想事成，服务到家。”小舅说，脸色真的变了。

“对喽，我年龄大了，货都搬不动。让你这两小伙计给我搬东西，陪我回去。”二爷爷说，笑眯眯的：“你觉得如何?”

我觉得小舅都要哭了，但他还是很男子汉地点点头：“好吧，我让他们和您去。那您明天就让他们回来。”

“行。明天我叫个车把他们给你送回来。耽误不了你的事情!”二爷爷拍胸脯保证。

呵呵，小舅你要是知道明天会发生什么事情，你肯定说死都不会让我们出门。

有句话说明天和意外不知道哪个会先来。这次，两个一起来了。

3 此去恒山悬空寺

以大同为圆心，100千米为半径，画一个大圈，圈子能画到哪儿去？我在头脑中画了一下，再用网上的地图核实了一遍，差不多心里有数了。

韩彻和我把货物搬上二爷爷的皮卡车车斗，足足三大箱，还死沉死沉。剪纸哪儿能重成这样？二爷爷说："还有笔墨纸砚，你舅舅给我攒了不少。我下山一趟不容易，一起拉回去。"

我们对此表示充分理解。皮卡车的后座位很宽敞舒服，我和韩彻一人占了一半，坐定了拿出手机，和家人联络告知晚上不回来。说到二爷爷，我奶奶一头雾水。

“你跟谁走了？”电话里奶奶好生惶恐，就差认定我被人贩子绑架了。

“说我名字，孙兴达。”二爷爷提醒我。

果然奶奶安心了，声音立刻稳稳的：“那要听二爷爷的，别跟人家淘气。”

韩彻妈妈的反应也一样。一听我们是跟孙兴达外出，她不仅不担心，还表示我们可以在外面多待几天。孙兴达是我家的亲戚，可不是韩彻家的啊。为什么他妈妈也这么信任他呢？

“我是个好人。”二爷爷笑，“大家都知道。”

二爷爷笑起来就摇头晃脑，白胡子和白头发都随着舞动，特别像我妹妹开心时候的样子。我不是说样子像，毕竟差了几十岁，我是说精神，内在的精气神你们明白不？给你们这些人讲故事真费劲儿。孙二爷爷童心未泯，有孩子气，所以和我一见面就成了忘年交！

二爷爷亲自开车，坐到驾驶座上一边系安全带，一边儿扭头和我说：“小伙子，二爷爷带你去一个地方看看。你得多看，长见识，才能摆脱偏见。”

“您要去的地方，不会是采凉山吧？”我问。

“采凉山？城边边上的山有啥可去？没意思。”二爷爷说，“我要去恒山！悬空寺你们听说过吗？”

“嗨，悬空寺啊，早去过了。”韩彻说，不以为然，“就一座修在山崖上的庙。人巨多。我妈一直拉着我，怕我掉下去。”他想了想，又补充：“真没啥好看的。”

二爷爷发动车子，后脑勺在我面前晃动。他问：“江天，你怎么不说话？”

“我？每次家里人说要去悬空寺，都只会成为一个计划。我妈说，反正悬空寺也跑不了，早一天晚一天没关系。”我回答。

“可那是咱们大同的名胜古迹啊。你家里起码应该带你去一趟，表示到此一游了。”韩彻嘟囔，“你这也太不关心家乡了。”

“关心不是讲形式。”我拍打韩彻，“要有具体内容。”

韩彻回想了几秒，就问："买门票，还有在那里捐款，买纪念品，算不算具体内容？我这也是繁荣当地经济。悬空寺可是大同的。"

我们说话间，皮卡已经拐上御河西路，经过一路市井繁华。车子行驶了十多分钟，见到老城城墙，便走平城街进了老城，到武定北路减速，缓缓靠路边停下。二爷爷指指路边一家商铺，对我说："江天，那家茗记茶庄有我的东西！你们去帮我搬上车。"

果然带我们出来开眼是有代价的。帮忙就帮忙呗，当我学雷锋了。茶庄的服务员听说是二爷爷来拿东西，立刻搬出来两个大纸箱，倒是不沉，比剪纸坊的轻多了。我们把箱子抬上车，和其他箱子捆绑在一起，收拾妥当了才回到车厢里。

"茶叶。茶庄给我找了些陈年普洱，上等红茶，顶级老白茶。"不等我问，二爷爷就开口介绍箱子里的东西，"这个天气，屋外滴水成冰，屋里起水烧茶，围炉夜话，和三两个朋友叙旧聊今，美！"

听上去挺不错的。不过……好像有点无聊。

"你们小孩子哪儿懂喝茶。没那个耐性！"二爷爷笑，启动车子，“你们现在喝奶茶吗?”

我不屑：“女娃子才喝那个呢。就是甜，没意思。”

“那你喝啥?”二爷爷非要打破砂锅问到底。

“也没啥非喝不可的。水就成。”我还真对水没要求。

“苏打水行不? 我喜欢那个味道。”韩彻说。

二爷爷点头：“行！一会儿路过超市买点儿。”

结果我们在超市买了两箱苏打水，两箱果汁，五箱牛奶，还有许多蔬菜、水果、零食，把皮卡的车斗填得满满的，一点儿空隙都没有了。我觉得，孙兴达老爷爷是要囤整整一个月的生活物资。可恒山是国家5A级风景区，不至于山上什么供应都没有，需要下山采购这么多东西。

“过两天就除夕了，得招待大家吃点好的。”二爷爷解释他的疯狂购物行为，“你们要是愿意，欢迎留下来，和我们一起过除夕。”

“那不行，除夕一过我就得给太奶奶、奶奶拜年，要拿压岁钱。”韩彻还真是个耿直男孩儿。

“我得哄妹妹。”一提到妹妹两个字，我眼前竟然浮现起江月的模样，真想抱抱她，让她的小脸靠在我胸口，听她软糯的声音叫哥。我告诉二爷爷："除夕家里做年夜饭，还要烧旺火，肯定忙得人仰马翻，我得带妹妹，那是我的专项任务。"

"不错，我孙子懂事。"二爷爷赞许，"放心啊，明天就送你们回来，耽误不了你们过节的计划。"

车子又停了几个店铺，拿了些五金零配件，还有几本杂志——《国家地理》《博物》《舰船知识》和《小说选刊》，我觉得这些知识不是二爷爷能消化了的。

"都是山上小伙子们要的。"二爷爷说，"文化人想的和咱不一样。"

"爷爷您带我们上山，要带我们看什么？"我就问。早该问这个问题了，被二爷爷一通指示搬运东西，给忙忘了。不会是恒山搞春节庙会展览非物质文化遗产吧？可大同博物馆就有非遗的固定展览，没必要上恒山去看。

"当然看好看的啦，保证你们从来没见过。就我这活了70多年的人，也是头次见。"二爷爷回答。

"那到底是什么呢？"我和韩彻异口同声问。

“叫什么……哎呀，我真是老了，就这几个字死活记不住。这些小伙子也真是的，起个简单好记的名字有这么难吗！”二爷爷抱怨。

“没事，没事，就当去恒山打卡了。”我赶紧说，不能惹老人家烦恼，“反正我也没去过。”

韩彻歪过脑袋，眨眨眼睛，问我：“你说，咱这能当作出差，和你舅要出差补贴吗？”

我揪住他的胳膊一个外翻，把他压在座位上。韩彻没想到我会突袭，被我一把抓捏住，反抗不得。

“你平时可没这么财迷。大哥，你走火入魔了吧？”我趴他耳边讥笑。

“那个机器人，你不知道功能有多全，还能遥控，还带一个火箭炮。太棒了，我一天没拿到就一天睡不好觉。”韩彻嘟囔。

我松开手，好笑：“都是最简单的数学模型搭建的机器玩具，就能把你迷成这样了！过几天我教你自己设计一个。”

韩彻白我一眼：“那我还是先把机器人拿到手吧。等你教我，还得教会，我觉得这辈子都没指望了。”

下午三点多钟，二爷爷的小皮卡终于经过北都桥，向郊外驶去。离恒山直线距离75公里，但导航软件显示走高速需行127公里，二爷爷于是说："你俩娃睡一觉，到地方我叫你们。我带你们去的地方，你们一定喜欢!"

二爷爷这葫芦里卖的是啥药？看来，只能到恒山才有解了。

在我中华文明五千年的发展历程中，南北朝的北魏只存活了148年，实在是历史长河中的一朵小浪花。在这148年里，有95年北魏的都城都建在平城，也就是今天的大同。

北魏人特别喜欢修建石窟，供奉佛像，祈祷神佛的保佑。他们在大同开凿云冈石窟，在敦煌扩建莫高窟，后来南下迁都洛阳，把开凿石窟的风潮也带了过去，建成了龙门石窟。云冈石窟、莫高窟与龙门石窟这三座石窟都成为我国珍贵的历史瑰宝。开凿石窟的同时，北魏人还大规模修建寺庙。一位北魏建筑师把目光投向平城周围的起伏山峦，最终选中了北岳恒山的金龙峡。

金龙峡峡谷东侧是恒山主峰2016米高的天峰

岭，西侧是1600余米高的翠屏峰。两峰夹持，山谷深邃，有桑干河的支流唐峪河徐徐穿过。这山水相间的风景，正是建庙造寺修行的绝佳地点。峡谷中还有连接国都平城与华北平原的栈道，南北车辆行人往来穿梭，络绎不绝，既方便寺庙修建，以及建后的香火供奉，更因为是交通要道而受到关注。

于是，公元491年，这位建筑师带着能工巧匠们，利用翠屏峰悬崖峭壁上的一处天然凹槽，建成悬空寺，它犹如无根无基嵌挂进岩壁的空中楼阁，与山石混为一体，自从建成之日起，便备受世人的关注和赞叹。

这些关于恒山悬空寺的资料，上网用“悬空寺”作为关键词一搜就能搜到许多，文字和图片翻来覆去都很相似，不知道哪个版本是最初的原始版。我看得有些不耐烦，便扔下手机，向窗外眺望。此时，天空到处是灰暗的积云，田野空旷，山峦上覆盖的白雪犹如厚厚的棉被，晋北的冬日，昏昏沉沉的阳光让我想闭眼沉睡。

皮卡渐渐驶入山谷，道路蜿蜒，两旁是直立百余米、如同斧劈刀削一般的山石峭壁。车子穿过隧

公元491年，这位建筑师带着能工巧匠们，利用翠屏峰悬崖壁上的一处天然凹槽，建成悬空寺，它犹如无根无基嵌挂进岩壁的空中楼阁，与山石混为一体，自从建成之日起，便备受世人的关注和赞叹。

道，它就映进我的眼帘，层层叠叠的殿阁，只有十数根像筷子似又长又细的木柱子将它撑住。尽管做了那么多功课，我还是感受到了视觉和心灵的双重冲击。

“那就是悬空寺。”韩彻轻松地说，还有点小得意：“我爬到了最高的雷音殿。”

4 云上有三叔

二爷爷的皮卡驶入悬空寺对面的一个院子。院门口没标志，院子中建了一栋三层楼房。楼门口有块小小的挂牌，已经陈旧，上面“悬空寺宾馆”五个字都模糊了。

皮卡在楼房前停住，二爷爷跳下车，朝楼上声如洪钟般嚷嚷：“快下来卸车！快下来卸车!”喊了好几遍。

三楼这才有扇窗户打开，里面探出个人头，摇晃着狮子炸裂鬃毛般的头发，回答：“孙爷爷，您等等，我们就下来。”

“这些小伙子啊，被我惯出毛病来了。甭理他们，你俩跟我来。”二爷爷招呼我和韩彻。

我问：“要不要我们一起卸车？”

二爷爷摆手：“不用，他们比你们大十几岁，该他们干。来，我带你们去见一个人。”他说着，就左手拽着我，右手拉了韩彻，径直走进宾馆。

宾馆外面看上去普普通通，还有点陈旧，里面却是崭新明亮的接待大厅，到处都有舒适的沙发座，还设置了电脑区和茶水吧。最重要的是暖和，我从零下二十几度的室外进来，几分钟就热得脱了大衣。再看大厅前台的工作人员，全都只穿着短袖。

“孙老，”工作人员笑着招呼，“您这带的是什么人啊？”

“我孙子和他同学。晚上跟我一起睡，不用填写身份证了吧？”二爷爷问。

“不行，我们这里有规定，只要住宿，就必须填写清楚本人信息。”工作人员态度和蔼亲切，但原则一步不让。

“我们哪儿知道要带身份证啊。要不我们看完了就回去吧。”我不想让二爷爷为难，“我刚才看到旅游大巴站，上网查了一下末班车还挺晚的。”

“不行不行，你们得留下。晚上还有好玩儿的。”二爷爷像是揣了宝贝非要给人看的孩子，还有点爱面子：“我说了明天送你们回去，今天就让你们回家怎么行！”

“孙老，但是没有他们的信息，我真不能让他们住下。”工作人员强调。

二爷爷着急：“哎呀，你这个人，我是谁你不清楚吗？我怎么会带坏人来！”

工作人员说：“孙老，我知道您不会带坏人来。但规章制度必须遵守啊！您是长辈，尤其应该带头，发挥好作用。”

二爷爷脸色就有点不好看，掏出手机拨个号码。电话一通他就责备起来：“你这娃，搞啥名堂！我在大堂叫人拦住了不给住店！哇，你怎么不说话？”

一个穿T恤衫和沙滩裤，趿拉着丁字拖鞋的年轻男子跑过来。他胡子拉碴，满头乱发，一只手握着手机，另一只手就搭到二爷爷肩膀上，嬉皮笑脸问：“二伯，您找我？”

这声音好熟，这拖鞋男莫非是……我凑近他，把那张胡子和乱发遮盖的脸看得真真切切，简直不敢相信自己的眼睛。我惊呼：“三叔！真是您啊！您不是在深圳吗？”

被称作三叔的江涛，是我爸爸的亲兄弟，大学毕业后一直在深圳工作。前几天奶奶还说起他，嫌弃他老不回家过年，老是在赶项目，叫爸爸给他打电话催一下。

三叔愣了一下，有点迟疑。

“我是江天！切，两年前才去深圳看您，您就忘记了！”

三叔说：“我是有个侄子叫江天。可怎么证明就是你呢？”

我顿时郁闷了，这个三叔的呆萌属性也太强了。我只好给他出主意：“您给我爸爸打个电话，就能证实了。”

三叔说：“不用。你们找个地方坐下等我一下。”

二爷爷不高兴：“江天是你亲侄子，江涛你不管啊?”

三叔说:“管啊,我得先给他注册,稍等。”风一般就消失了。

二爷爷只好带我和韩彻找个地方坐下,悄悄和我们说:“他们在搞秘密试验。”

“我三叔吗?”我也低声问。

“对,我也参加了。最近还让我找体验者。否则,我也不会贸然带你们进来。”二爷爷脸上闪动着兴奋的光芒,“你们是聪明的小孩儿,肯定能胜任使命。”

“使命!”韩彻被这个高大上的词汇震住了,“使命是什么?”

二爷爷笑:“等会儿你们就能知道。反正不会对你们有危险。呀,江涛来了,真不错的小伙子,行动起来果然高效率!”

江涛抱了他的笔记本电脑急奔过来,还带来一个巴掌大小的仪器。

“刚刚做好的程序。来,江天你把大拇指伸进去。”江涛把那个小仪器送到我面前。这小家伙有点像妈妈的烤面包机,只是就开了一个口子。我把左手大拇指伸进这个口子。江涛的手机响了一声，然后，笔记本电脑屏幕上就出现了我的身份证信息照片——和真实的身份证一模一样。出生年月、家庭地址、身份证号码，所有信息都真实无误，照片也没有问题。

韩彻惊呼："我的天!"

我则平静很多："是指纹采集仪吗?"

"DNA采集对比仪，新研制出来的身份鉴别仪。它特别敏感，只要一点点皮肤，就能瞬间和'云上三晋'中已有的人员信息做身份比对，完成注册鉴别等一系列身份识别程序。"江涛一板一眼地说，"有了它，以后大家出门都不用带身份证。"

"真的？太好了！那我妈妈就再也不用担心找不到身份证了！她能一年丢四五次身份证!"韩彻说。

"那人脸识别系统没用了吗?"二爷爷好奇。

"当然人脸识别系统还有用，它和这个的应用范围、场景是不同的。"江涛说，又采集了韩彻的身份信息，然后传给了前台的宾馆工作人员。

"谢谢您。"工作人员笑，"我们已经在系统中登记了江天和韩彻的名字。他们可以住下来，需要早餐券吗？”

“当然需要！”二爷爷说，转头对我和韩彻说，“自助早餐，丰富得很，你们要多吃！”

我呼气，对江涛说：“你现在相信我是江天了吧？”

“抱歉抱歉。”江涛抱抱我，“主要是你长太快了。你看你都快有我个子高了，可那年见你还是个小不点儿。”

“那您快回答我，怎么到这儿来了？在这里干什么？您干吗都不告诉家里人啊？”我一口气连问。

江涛笑：“哈，我过来做调试。时间紧、任务重，就没告诉你们。奶奶是不是又在念叨我了？”

“天天念叨！还让我爸给您打电话催您回家。”

“要是系统稳定也许我有时间。对了，你怎么会到这里来？”江涛这才觉得奇怪，看向二爷爷，“您带他们来的？”

“对，”二爷爷笑眯眯地回答，“你们不是还需要体验者吗？我就带他们两个来了。主要也是想让他们开开眼。”

江涛说：“春节后系统就会公测了。现在还真需要有人进去试错。”

“那你来安排呗！他们哥俩就交给你了。”二爷爷说罢摸摸肚子，“我饿了，我得找晚饭去！”说完就走开了。

我想不到二爷爷会动如脱兔，说甩下我们就甩下我们，一点儿也不多考虑。这大概就是传闻中的老小孩儿做派。

“那我们就跟着您了。”我只好贴紧江涛，“你要不好好照顾我，我告奶奶去！”

江涛笑：“老的小的都这么赖皮。不过，二伯提醒得对，先吃了饭再做事。你们跟我来。”

餐厅在二楼，大大的落地窗户正对着悬空寺，宛如画框将悬空寺框在了其中。红色小巧的楼阁镶嵌在褐色如刀斧砸切开的石壁之中，再被山崖上的白雪映衬，真是刚柔相济，巧夺天工！我瞬间体会到什么叫江山如画，工匠杰出，后悔没有早点过来一睹它的风采。

我由衷地从心底发出赞叹：“悬空寺是现存建在悬崖绝壁上最早的木结构建筑群，真是举世无双！”

江涛却摇头：“不，悬空寺并不少见。你们知道

餐厅在二楼，大大的落地窗户正对着悬空寺，宛如画框将悬空寺框在了其中。

有多少座吗？在咱们中国就有15座！有浙江建德的大慈岩悬空寺，河北苍岩山悬空寺，湖北武当山悬空寺，云南西山悬空寺，福建甘露岩寺，青海西宁悬空寺等等。可是我独爱眼前的这座恒山悬空寺，你们知道为什么吗？”

“为什么？”我就问，好像说相声的捧哏。

“因为这是我的家乡。”江涛说，“我深爱着它。”

“我们也爱啊。”我和韩彻异口同声，附和。

“爱可是要有行动的，光说不行。”江涛笑，“我们现在做的事情，首先就是要让大家爱自己的故乡。一个人只有深深眷恋他脚下的土地，他才会逆风飞扬，不惧艰难困苦。”

我鼓掌，可是不减疑惑：“三叔，说得这么精彩，您的项目到底是什么呀？”

江涛诧异：“‘云上三晋’，我刚才讲了呀，你们没听说过？”

我和韩彻都摇头。

“那‘云上星球’听说过吗？”

我们继续摇头。

“你们简直不像和我在同一个时空。”江涛无可奈何，“得，吃了饭我给你们科普一下。”

这话带来的结果，就是我和韩彻以风卷残云般的气势快速吃下三大碗米饭。这样吃饭的后果就是被食物噎得半死，还得喝下半盆鸡汤把梗在食道里的食物冲进胃中。

整个过程江涛都在旁边笑眯眯看着，还调侃我们：“初生牛犊不怕食物！你们一定能有大作为！”

饭后，江涛带我们又上一层楼。这层楼特别安静，厚实的地毯，周围墙壁和天花板上贴的隔音板，消除了一切外界的噪音。身处这种环境，我和韩彻感到了无形的压力，小心翼翼呼吸着，气都不敢出急了。

江涛推开走廊尽头的门，引我们走进一间宽敞的办公室。办公室一侧摆了长长的操作台，上面安装了各种仪器盘、各种按键，还有各种尺寸的显示屏。另一侧则是一堵墙的大屏幕。屏幕上亮着一块有点像土豆形状的区域。在操作台和大屏幕之间的空中，缓缓旋转着一个晶莹剔透足球大小的蓝色球体。

“是地球！”我指着球体叫，跳起来想触碰它，手却从地球中穿了过去，原来只是一个立体影像。

江涛得意：“这就是云上星球，一个仿真的虚拟地球系统。”

● 听听科幻广播剧，
学学科幻小知识
开启你的科幻之旅

5 凡事都有第一次

我一时间说不出话来，有点惊讶，还有点后悔，感觉虽然看到了壮丽的悬空寺，但还是浪费了大白天时间。有这个时间留奶奶家玩游戏不好吗？哎！

江涛察觉到我的失态，奇怪：“你不觉得这很酷？”

我冷笑：“三叔，您是认真的吗？”

江涛不高兴："江天你什么意思？这可是当下最前沿的数字虚拟技术应用！而且还是测试版，别人连见都没机会见。你们太幸运了，应该兴奋才对！"

"三叔，你要哄哄二爷爷还成，他老人家肯定不了解现在的技术发展情况。可我已经是六年级小学生了。"我忍住想打江涛的冲动，"三年级的科技课就讲到了虚拟地球和数字地球。2005年就有虚拟地球浏览软件了！请问您这个的先进性体现在哪里？"

江涛先是愣住，随即展眉笑了："啊，我明白了。你觉得我小看了你是吗？我这个系统可不是用来糊弄老人和小孩的，花了好多钱、时间和精力研发的，怎么能落后呀！这个不是在电脑或者手机上用的那种虚拟地球的软件，而是真正让你身临其境，感同身受的虚拟地球。"

我偏过头想想，就问他："是裸眼3D技术吗？这个技术似乎停滞了，很久没有听到它的消息。大家要感受虚拟现实，还是得戴箱式眼镜吧？"

韩彻起先不知道怎么回事，这时候也明白过来，赶紧补充意见，以表达科学课他学得也不错。

韩彻说："对呀，那个箱式眼镜又大又沉，戴一会儿脖子就疼。而且呈现出的视频不是在莫名其妙的星球上到处乱走，就是追踪莫名其妙的动物，特别不好玩儿。"

"所以，"我再次问江涛，"你们的虚拟地球的先进性在哪里？"

江涛居然还保持着笑容，他伸手拍打那个虚幻的地球影像，随即走到操纵台前按了几个键。屏幕上的"土豆"渐渐大起来。山川河流、城市乡村，公路铁道……一点点清晰了。等等，这图上的景象有点眼熟。绿色的山岭越来越近，山岭间有巨大峡谷。峡谷一侧被高高的水坝拦住，形成水库，水坝下河流蜿蜒，河畔岩壁高耸，西侧岩壁如刀削斧砍，上面似乎有房屋。

图像再大一些，壁上的房屋清晰了，我和韩彻同声叫："悬空寺！"

"对，是无人机航拍的悬空寺。我的同事们去年完成了悬空寺实景三维模型的建立，现在它是'云上三晋之大同'的一部分了。你们就从它开始了解云上的真正意义吧。"

绿色的山岭越来越近，山岭间有巨大峡谷。峡谷一侧被高高的水坝拦住，形成水库，水坝下河流蜿蜒，河畔岩壁高耸，西侧岩壁如刀削斧砍，上面似乎有房屋。

随着江涛的话音，侧墙徐徐展开，露出一个灰色的房间。房间不大，并排放着两张样式新颖的按摩椅。

“这是虚拟环境适配室。通过它就能进入‘云上三晋’的世界了。但你们需要穿上神经网络工作服。”江涛介绍。

韩彻顿时兴奋起来：“二爷爷要我们看的，就是这个吗？云上三晋属于立体电影的那种实景再现吧？”

江涛说：“想知道它到底是什么，你亲自尝试不就知道了吗？”

韩彻毫不犹豫，立刻走进适配室。每张椅子上都放了一个盒子。韩彻打开盒子，拎出其中的东西，是一件黑色连身衣。

“神经网络工作服是弹力的。什么身形的人都可以穿。”江涛说，“穿上它，躺到椅子上，很快你们就会进入‘云上三晋’。你们作为体验者的任务，就是睁大眼睛去发现那里的错误，以便我们进行修改。”

韩彻抻拉手中的衣服，“好紧。这个需要贴身穿吗?”

“需要贴身穿。”江涛介绍,“它还有帽子,穿的时候要慢一点。”

“江天!”韩彻叫我,“你想什么呢?你快过来呀!”

我一直站在原地没动,这时候就叫:“三叔,我现在打退堂鼓还行不?”

“不行!”江涛说,“系统已经启动。你不进去会让整个云上三晋崩溃的。”

“我不想进去。”我实话实说。

韩彻吃惊:“你这是什么意思?”他搞不懂我的思路,诧异地问,“难道你还要回剪纸作坊去?”

“当然不回去。三叔,我们要体验多长时间?二爷爷可说了明天送我们回家。你这个试验靠谱吗?不会有什么生命危险吧……”

“你还真是问题多多!少废话,去自己探索吧!”江涛说罢,一脚踹在我屁股上。我踉跄着扑进了适配室。

我换好衣服躺入按摩椅中。哦,这不叫按摩椅,三叔说他们都喜欢叫它登云梯,正式的名称是

“神经感应接收器”，与我穿的神经网络工作服一起组成了“云上三晋浸润式服务系统”。

“一套差不多100万元人民币！很贵的哟。”江涛提醒我们，“小心弄坏了找你们赔。”

我被工作服从头到脚包裹了起来，我看上去跟个木乃伊没啥区别，还想动？怎么动？只能像毛毛虫那样蠕动了。唯一让我欣慰的地方是工作服很轻软，隐藏在其中的感应点特别细碎，我竟然都没有感觉。江涛说衣服里藏了3000个触发感应点，与我的神经系统已经连接在了一起。再通过登云梯，我就能完美接受“云上三晋”虚拟星球的电子信号，并产生相应的感受。

“我们对外界的所有感知，都来自大脑神经的反应。外界的各种信息，通过我们的感官最后都会演变成脑细胞之间的电子脉冲信号，就是脑电波。所以只要能够让大脑产生相应的脑电波，就可以使人产生相应的感觉、知觉。”江涛解释系统的工作原理，“这套系统，紧身衣和登云梯配合，给体验者准确的外部刺激，让体验者产生真实的感受。这和那个虚拟地球软件只有视觉的感受，完全不同。”

“可是，上厕所怎么办?”我提出一个现实问题。

“在整个虚拟时空期间，你的新陈代谢都会减缓。如果你非要上厕所，你可以退出，也可以穿上成人纸尿裤。”江涛说到这儿很严肃，并没有开玩笑的意思，“我们都穿纸尿裤。”

“可你并没有给我准备啊!”我也认真起来。屎尿其实是大问题，但很多人因为心理羞涩而回避，最后就会为了面子活受罪。

“给你们准备了45分钟的体验时间。正好一节课。你们不会连一节课都坚持不下来吧?”江涛笑。

“当然不会。”我也笑，“这个体验，小事儿一桩。二爷爷还挺拿它当回事情。”

江涛认真说：“得当回事。二爷爷没错。我提醒你们，虽然是体验，但在虚拟世界中要是受伤，现实里你也不会好受。因为神经反馈是一样的。记住！到哪儿都得小心!”

“是!”我和韩彻齐声答应。

江涛的影像就从我们面前消失了。我们顿时陷入一片黑暗。适配室中刚才的那些灯光——绿色的安全指示灯，红色的运行提示灯，蓝色的登云梯启动提示灯，白色的墙角轮廓灯……全都熄灭了。随着黑暗的覆盖，所有的声音也都消失了，只留下我和韩彻的呼吸声、心脏跳动声。

我屏息静气。

一直平静等待开始的韩彻忽然慌起来，大声叫我："江天！江天你在哪儿？"

"在你旁边。"我乐，恢复呼吸，"你怕了？"

"能不怕吗，突然这屋子里就我一个人喘气了。"韩彻气愤，"你别吓唬我！"

"我就是觉得这黑暗气氛挺足的，逗你玩儿。"

"逗我？玩具城VR体验车10分钟35块钱，这里45分钟不要钱！"韩彻低声斥责我，"江天，不要破坏我期待的好心情。"

我想起江涛的话，提醒韩彻："貌似我们要体验上悬空寺。你都去过了，不会有新鲜感，还是调低期待度吧。"

"你……"韩彻正组织语言，一道光打断他的话。这光瞬间而至，我都来不及寻找光源，就被它淹没了。光里有些模糊的东西，我看不清。

"韩彻！"我大声喊，伸出手在光中摸索，"拉住我的手!”

“拉住了!”韩彻回答，“是你的手吧?”

“能是别人的?”我都懒得吐槽他，使劲一捏手中的手。

韩彻惨叫一声：“你轻点。确认了同伴就好。”

光消失了。

我和韩彻站在悬空寺前，周围游客熙熙攘攘，三两成群，忙着合影照相。

阳光明亮，天色湛蓝，我穿长袖衬衫、牛仔单裤，不冷也不热，舒服。

我拍打身子，有疼痛感。我背上还有双肩包，取下来打开，包里面一层层放了手机、充电器、耳机、笔记本、圆珠笔、巧克力、切片面包、火腿肠、咸菜、湿纸巾，我的身份证和公交车交通卡，还有一串钥匙。包外面两侧的束口袋，一个口袋里放一瓶矿泉水。带的东西，放的位置全都是我平时放假外出的习惯，丝毫不差。

我再看身上穿的衣服，脚上的鞋和袜子，还有头上的帽子，也都是我平时经常穿戴的。

“这体验太牛了。”韩彻笑，“完全是在真实世界中啊。7月上午的9点半，悬空寺的风景不错。”

韩彻也是寻常装扮，正看手腕上的表。我腕上也戴了一块。只有这表，我从未见过。

“这应该是江涛和我们之间的联络工具。”韩彻说，“走吧，我们上去看看，数字化的悬空寺是不是完美复制品。”

我长舒一口气，终于反应过来了。主要是我根本想不到“云上三晋”的虚拟会这样，完全的实景环境，丝毫没有其他VR体验的出戏感。因为所有的虚拟增强现实体验，体验者都在外部，只是视觉上看到了立体影像，感受到一个立体空间。而这里，我整个人都在虚拟之中，不必刻意感觉真实，因为就在真实之中。

听听科幻广播剧，
学学科幻小知识
开启你的科幻之旅

6 虚拟体验

“江天，听到我说话了吗?”头脑中忽然响起江涛的声音。

“听到了。”我有些激动，“我在‘云上三晋’中了?”

“对，‘云上三晋’的大同区域。你现在要体验的是悬空寺。”江涛回答。

“我需要怎么体验？要记录什么?”

“你平时出来玩的样子就好，不用刻意做什么。你所有的感受，都会通过你衣服上的感应器传到电脑中储存起来。”

“你的意思，就是我爱干什么干什么？”

“对，你爱干什么干什么！别砸了悬空寺就行。”江涛说，声音调子一转，不正经了：“砸了其实也不怕，分分钟数字复生，可就是还得耽误工夫。”

“我没那么暴力。表怎么用？”我原来以为手表是通讯工具，现在看来不是。江涛能直接对我说话，不需要借助手表。

“那是个定时装置，还能提醒你现在的生命值。唯一的按键是召唤我。”江涛笑，“别超时，否则真实世界里你可就有麻烦了。”

我抬手仔细看表。表上果然有数字显示：

43:17:51

计时已经开始了。

“韩彻！”我急忙喊，“我们赶紧！”

“好的好的。”韩彻正给游客照相，“稍等，我就好！”

游客们要拍照留念的，是悬空寺的第一个网红打卡点——徐霞客的“天下巨观”题字。这位著名的旅行家在明朝崇祯六年游历到此，便写下这四个大字，表达对悬空寺的赞美与惊叹。现在这字用正红描边，工工整整镌刻在一块巨石上，老远就能看到。

悬空寺的题字很多，还有李白的两字“壮观”！说是李白游览后，在岩壁上写下的。李白心潮澎湃，便在“壮”字上多加了一点，以示此壮更壮之意。

不管是李白还是徐霞客，字本身都没有什么特色，我觉得真还不如我爷爷写得好。至于题字内容，徐霞客也就罢了，李白可是诗仙，浪漫入骨的人，怎么只会说“壮观”？直白得就像视频网站上发评论只会写“哇塞”的人，连我一小学生都替他们害臊。像这块石头上刻的诗就很好：“飞阁丹崖上，白云几度封，蜃楼疑海上，鸟道没云中。”起码有点意境。

我心里评价着，脚下步子丝毫没有放慢。韩彻竟然要小跑才能跟上我。但是登临悬空寺要排队，

悬空寺的题字很多，还有李白的两字“壮观”！说是李白游览后，在岩壁上写下的。

我们前面估计至少有百余人，要是老老实实排队，那给我们的这45分钟都不够体验排队的。

这样可不行。我按下腕表上的按键，接通江涛，汇报情况："三叔，登寺限行，每次只放30人，我们前面排了100多人，怎么办?"

我的小叔这才惊呼一声："糟糕，我只改了日期，忘记调时间了。马上!"

我还没来得及问马上是什么意思，就觉得周围空间抖了一下，像是有把刷子从空中刷过。我揉揉眼睛，韩彻还在，游客却都没有了。刚刚我和李白的"壮观"之间起码有50个人，现在全消失了，我一分钟就站到了刻字的巨石旁。抬头看，寺院建筑就在头顶，贴着高崖向上舒展伸延，笼罩在明亮的晨光之中，更显壮丽。

"现在是早上8点，"韩彻跑过来，乐呵呵地说："刚开门，就咱俩。"

估计游客全被江涛请出了系统，反正都是些只能自动答复的机器人，这些问题也好处理。但这个仿真系统究竟是为了什么存在呢？我顾不上细想，径直往前走。

寺门不大，朝南。整个寺院坐西朝东，自山崖的南面向北一字排开，渐渐增高。寺院分为三部分，第一部分建在高台之上，第二、三部分才是悬在半空的楼阁，中间有木栈道相连，全部为木质建筑、框架结构。整个寺庙布局紧凑，规模并不大，我片刻就爬到了最高处的三教殿。这三教指的是儒、释、道三家，佛祖释迦牟尼、儒家创始人孔子、道家始祖老子三人在一座殿里平等共处，佑护着悬空寺。站在三教殿外，吹着山风，我看了看时间。还剩21分钟，我算不算攀登悬空寺最快的游客？

我现在站的地方有多高？初建时距离下方河谷80米，相当于30层楼或者自由女神像的高度。后来因为河道淤积，相对高度降为58米。2007年，恒山景区管理部门对河床进行清淤整治，恢复了80米的历史高度。

80米。我小心将半个身体探出栏杆，下方停车场的车辆与旅客好似蚂蚁，对面“悬空寺宾馆”就像一个火柴盒子。我有点头晕，退回身体，倚栏眺望远方，崇山峻岭雄伟开阔，连天空都似乎近了许多，李白有首诗用在这里极好：危楼高百尺，手可摘星辰，不敢高声语，恐惊天上人！

韩彻气喘吁吁跟上来，招呼我：“江天你走慢点。我们不着急。”

“你登悬空寺的时候，是这样的吗？”我问。

“是啊。这个仿真度真的超级厉害，连房顶的破损，台阶的磨损，还有铜铃铛的缺损，都制作出来了。”韩彻说，“而且，还有影子，有实体感！太绝了。”

还剩15分钟体验时间。我点击空中，立刻出现文字，并伴随画外音解说：“悬空寺，半天高，三根马尾空中吊。悬空寺之绝，在奇、悬、巧、妙四字，构成天下之独一无二。”

奇、悬、巧、妙！这四个字总结得好。

看似支撑悬空寺的柱子，其实并不受力，只是给人心理安慰。我推推其中一根，居然还能推动。真正支撑悬空寺的，是“铁扁担”。我换了个位置探头向外仰望，就看到凌空的栈道下支撑的数条立木和横木。这些横木就是“铁扁担”，用本地的特产铁杉木加工成为方形的木梁，深深插进岩石里。木梁还用桐油做了防腐处理。立木的落点更经过精心计算，以保证能把整座悬空寺支撑起来。有的木柱起承重作用；有的是用来平衡楼阁的高低；有的要有一定重量加在上面，才能够发挥它的支撑作用，如果空无一物，它就无所借力而不起作用。

大殿的后面还挖了石窟，沉重的神佛雕像都设在石窟中，以减轻突出面的压力。

古代工匠因地制宜，充分利用了峭壁的自然状态，将石崖顶峰突出部分做伞，伞下的寺庙不受雨水冲淋。山下的河流发洪水时，淹不到高处的悬空寺。四周的大山也减少了阳光的照射时间，整个寺庙只有上午两三个小时能晒到太阳。

这种设计简直绝了！

画外音继续介绍："悬空寺在建筑上也很有特色，屋檐有单檐、重檐、三层檐，结构有抬梁结构、平顶结构、斗拱结构，屋顶有正脊、垂脊、戗脊。悬空寺总体外观是寺院与峭壁相依，巧构宏制，重重叠叠，窟中有楼，楼中有穴，半壁楼殿半壁窟，窟连殿，殿连窟，殿窟一体，楼岩一处。英国的一位建筑学家看过悬空寺后赞美道：'中国的悬空寺把力学、美学和宗教融合为一体，做到尽善尽美，这样奇特的艺术，在世界上是罕见的，通过参观游览，才真正看到这个古老民族的灿烂文化和文明历史，悬空寺不仅是中国人民的骄傲，也是世界人民的骄傲。’”

我再次点击，空中声音消失了。

韩彻还问：“怎么不听了？这么介绍比租导游讲解仪好多了。”

“咱们的悬空寺，用不着老外认证。”我说，“我们下去吧。”

时间还剩5分钟。

悬空寺通道狭窄，而且是单行线，没有回头路。下去的通道和上来时的同样险峻，最窄处仅容一人侧身而过。走得急了，木头就发出咯咯的声响声。我一步紧，两步慢，往下走，楼梯那么高，我居然……居然……可耻地恐高了。

“江天，你怎么不走了？”韩彻跟在我身后，我突然停下不动，他险些要撞上我。幸好他眼疾手快及时刹车，才避免了我们第一次体验就发生悲剧。

“我，我听铃铛响，多好听。”我说，其实是腿肚子发软，不敢往下看。

好像为了响应我的话，庙宇各处屋檐下系的铜铃，都在微风中敲击起来，清脆的铜铃声回荡在我耳边，谱写出优美的天籁之音。

我闭上眼睛。

空气中有微微的凉意，我睁开眼睛，没有悬空寺，只有柔和的绿色灯光。登云梯缓缓抬高，将我扶正。我面前的墙壁滑开，露出控制室，江涛和几个同他一样不修边幅的小青年站成一排，冲我们鼓掌！

江涛说："非常好！你们表现得非常完美！"

"我能把这衣服脱了吗？"我懵懵懂懂地问，恐高的感觉仍然没有消逝，这太丢人了。千万不能让任何人知道。但这身号称高灵敏度的神经网络工作服会不会发现我的问题？这就得搞清楚恐高症它是不是一种病症，如果是心理问题，工作服应该检测不出来吧？

我胡乱思想着。江涛已经走过来帮我脱衣服了，他说："当然要脱，这衣服好贵的。而且你得上厕所吧？"

“工作服会收集我们身体的所有数据然后分析是吗?”我紧张地问江涛。

“会收集一些，但不能全要。全要我们没地方放，那些数据的堆积会是天文数字。”江涛笑着拍拍我的脸，“你们去休息一会儿。然后咱们餐厅见，谈谈你们的体验。”

听听科幻广播剧，
学学科幻小知识
开启你的科幻之旅

7 有些功能是多余

餐厅的落地窗外，此时已是漆黑的夜晚。悬空寺没有景观灯、轮廓灯等炫目的灯光装饰，完全沉浸在黑暗中，找不到一丝痕迹。这就使我的整个白天经历都恍恍惚惚起来，仿佛根本不存在，只有聚集在窗玻璃上的寒气，眼看就要渗透进餐厅中来了。

服务员打开窗帘，顿时将黑暗驱逐到另一个世界中去了。餐厅现在明亮、温暖，还飘动着食物的香气，这让我感到安全，我心头那种空洞的恐惧消失不见了，甚至想不起来刚才我为什么会在楼梯上停留。像我这样逻辑缜密、智商在线的聪明孩子就不应该会有恐高症，肯定是因为那个体验时间即将到了，引起了我瞬间精神紧张。

“你们一定花了很多钱和时间做这个系统。”我说，“我感觉非常真实。其实如果不是那块腕表在时刻提醒，让我出戏，我基本上忘记了整个悬空寺的物理空间都是数字化模拟的。”

江涛点头：“这就是云上星球和原先虚拟地球的不同。虚拟地球是个软件，但云上星球是个数字社区，它需要硬件和软件一起操作。”

我就问：“科幻电影里将人的思想叫脑电波，然后上传进电脑，这样人就获得了一种拟人的感受。人变成了信息。我们是不是这样的？”

“哦，当然不是。”江涛笑，“那个科研方向不太对。我们的原理，你们在开始体验前我就说过了，我们是给大脑相应刺激，让它产生相应的脑电波，从而使人产生相应的五觉。你们知道人的五种感觉都是什么吗？”

餐厅现在明亮、温暖，还飘动着食物的香气，这让我感到安全，我心头那种空洞的恐惧消失不见了，甚至想不起来刚才我为什么会在楼梯上停留。

“味觉，嗅觉，听觉，视觉还有触觉。”韩彻回答。

“对。比如你们刚才，就有听觉、视觉和触觉参与对悬空寺数字模型的体验。我们把真实的悬空寺用数学建模，每个细节都有对应的数学表达，然后把这个表达所代表的电子信号，输入你的身体。你的身体中对应的神经就做出了反应，让你以为自己看到了，听到了，感觉到了。”

我龇牙，我有点理解这是怎么回事了。

江涛注意到我的表情，他说：“对嘛，人机接口太复杂了，我们要做点更有现实意义的事情。”

我撇嘴：“但貌似这个也不简单，刚才场景里只有我和韩彻。如果有更多的人，并且都是真人的话，那这个信息交换量会很大的。如果不是真人交互，就是实景体验一下，那也就只能做做数字博物馆，或者悬空寺这类历史文物的展览了。”

江涛拍桌子，兴奋：“不愧是我家的孩子！江天你说得很对，这套系统要有实际应用意义就必须完完全全复制现有地球。”

“完全复制？”韩彻丈二和尚摸不着头脑。

“对！我们有个基础程序做引擎，在它基础上添加各地方实际需求，最终模拟出一个完整意义上的虚拟地球——云上地球。它的地理地貌和真实地球完全相同，城市、乡村直到我们的生活，都完全一致。”江涛兴致勃勃，“目前我们还在一个区域一个区域搭建，最终会连接成一个完整的地球。这么说吧，这个地球除了不在这个时空中，其他一切都和这个时空一模一样。好玩吧？有趣吧？”

哪里好玩哪里有趣了？三叔您这脑袋长出来不是为了砸核桃吗？我绝望地抱住头。

“怎么了，江天？”江涛看我样子，皱眉：“我哪里不对？”

“叔，一模一样精准复刻肯定是特牛的技术。您追求技术高深没什么不对。可是，谁愿意去一个完全相同的地方重复在现实生活中的样子。我们喜欢打游戏，就是因为和现实中不同，我们能够表现自己，控制游戏节奏，按照自己的想法出牌。叔，按您这个一模一样的想法，是不是我还得在里面考试，考不好还会被骂！”我说，语言尽量不要太激烈，以免伤害三叔的自尊心。据说他们搞编程技术的人，自尊心都特别强。

江涛眉毛动了动，但他没生气，反而笑起来，嘻嘻哈哈地说：“好吧，江天，你真的是小学生吗？很多大人也没你的理解力。就像我的项目经理，要有你一半的理解力，我的工作早就完成了。”

我就追问：“那您倒是说说。我不相信，您创造一个世界就是为了表明自己有这个创世的能力。”

“你看，江天，现在是寒冬腊月，还下雪，别说登上悬空寺，就是开车过来，全高速也还是有点辛苦。那么夏天呢？你第一次到悬空寺的时间点，上午10点半，排队等待登临的人已经很多了，因为限流，要排到你起码得2个小时。从大同开车过来1个半小时，排队2个小时，要参观悬空寺，时间成本消耗太大。可是进入云上呢，系统可以安排你选择早上开门的时间，没有游客，悬空寺在全光明最美的时间段，登寺游览，可以很舒服很细致地参观，甚至那些平时无法对公众开放的区域，都可以进去。实景参观呢，路上花时间，排队花时间，然后进去转一圈20分钟就出来了。可是虚拟悬空寺不花这些等待时间，想待多久就能待多久。你看这个优势不就对比出来了。”江涛说，“当然这只是云上星球的第一个好处。”

“但是仅这个好处就不得了了。你们想想，平时大家工作学习，只有节假日才能出门旅游，那么多名胜古迹，选择哪里呢？你们虽看到悬空寺门口排大队，但因为限流，其实人流量还不如一座大型菜市场。我特别为那些到寺门口了，却因为登临的票卖完了上不去的人遗憾，他们远路而来，却只能在悬空寺下仰望。”江涛叹气。

“所以他们要是住在这里，看着悬空寺，再用那套系统登临，就会比较圆满了。”我猜想。

“对，这样比较圆满。”江涛赞同。

“那你们还得再加点内容，如悬空寺的历史修建场景，它能建立在悬崖上的原因，尤其要说明膨胀螺丝那个原理，说明我们祖先的智慧。还有应该修改解说词，那个什么外国建筑学家的话不要它！应该这么说——悬空寺的精妙设计，使它风吹不着、雨淋不着、日晒不着，历经多年的山崩、地震、雨水侵蚀，却始终屹立不倒，它是科学与艺术的完美结合，古人大胆的设计和高超玄妙的技术水平至今无人能够再现。”

江涛点头：“没问题，解说可以再完善。古代的修建过程，工匠们用的技术手段，都可以在虚拟实景中呈现。悬空寺成功了的话，那些古危建筑都可以复制我们的经验。”

“互动太少了。”韩彻忽然开口，他因为终于找到一个发言点而兴奋：“悬空寺里找宝藏不错，还有躲避坏人追捕，还有密室杀人游戏，还有……”他想不出来了，“反正互动游戏可以增加很多。”

“列个选项目录，在悬空寺不仅仅可以参观感受古建筑的艺术魅力，还能参加各种生动有趣的互动游戏。”我说。

“这个只能等以后再设计了。”江涛说，“目前先完成主要功能。互动游戏虽然还没法玩儿，但有一个玩法比你们说的那些游戏都有意思。”

“什么玩法?”韩彻好奇。

“算法可以根据你们现在的情况，模拟你们的将来。你们可以设置一个时间点，去看看那时候的自己。”江涛笑，“有点穿越时空的感觉，而且你可以和那个不同时间的你对话。”

“未来的我？”果然韩彻说，“我为什么要去知道未来的我什么样子？”

“因为未来有无数种可能，但你只有一种人生。”江涛温和地说，“你可以看看不同选择会是什么样子。那你就能选最适合的那个。”

“我觉得我不大会照计划走。”韩彻说，“江天你呢？”

“不会。我还小呢，说不好将来走什么路。”我的想法和韩彻很像。

江涛就有点尴尬。好在这时候二爷爷出现了。老爷子很愉快，走路都带着风，一点儿不像他这个年龄该有的样子。

二爷爷问我们：“如何？小伙子们，体验怎样？”

“挺好的，二爷爷。我也算上了一回悬空寺。三叔正和我们介绍系统的一种功能，可以见到将来的自己。”我说，“但我没兴趣。”

韩彻也附和：“是啊，老师让我们写了好多作文，《我的理想》《我的未来》《长大后的我》《我有一个愿望》，我简直都不知道该写什么，只能瞎编。”

“这设计我喜欢！”二爷爷抚摸他的胡须，“你们还小，少不更事。等你们到我这个年龄，自然就明白了。能重新审视青春时候的自己，看看如果改变一个主意，会带来怎样的人生，这感觉太棒了。”

我找不出话来反驳。二爷爷的感慨对我来说太过沉重，我理解不了。韩彻也是一脸迷茫。

“嗨，一个功能不会令所有人都满意。”江涛自个儿给自己找台阶下，“没关系，只要有用户就行。江天你们觉得多余的功能，二伯他们却喜欢。我觉得这样已经是很好了。对了，江天你们要不要去看看灯会？那个体验也蛮好的，我个人特别喜欢。”

“灯会？今年晚，要初一才开。”韩彻惊讶，“能提前看？”

“韩彻！云上星球的时间可以任意设置，只要数据足够多，正月十五的花灯当然什么时候都可以看了。”我解释，队友理解力有点弱真是痛苦啊。

“去看去看！”二爷爷兴奋，“我喜欢。江天，韩彻，这次二爷爷陪你们一起!”

8 火树银花不夜天

在大同地界上，中国大同古都灯会包含了庙会、元宵灯会、春节歌舞演出、民俗展览等综艺狂欢活动，贯穿了整整一个正月。

超过一个月的时间，大同古城的整个城墙都灯火通明，亮如白日。要知道这一圈城墙有7千米多啊！灯会就像一个璀璨的光和色彩的花环，套在黑夜的大同身上。

说到城墙，那可是大同人的骄傲，它在国内的古城墙中，如同雄赳赳气昂昂的武夫，绝对是高大上的存在——14米的平均高度，比西安古城墙高出2米；最宽处16.6米，比南京古城墙最宽处还宽了6.6米！城墙上总共建有62座门楼、角楼和望楼。我怎么这么清楚？三年级时，要完成科技课《大同古城墙现状调查研究》的作业，我在这城墙上走了整整三大圈。城墙上的所有建筑，连垃圾桶都不落地全部数了三遍！我当时才十岁啊，我就做这么有难度的科学调查，我太不容易了。

那句老话怎么说来着？三岁看大七岁看老，可见我肯定是做科学家的料。我一定要当数学家，为整个世界奠定运行基础。万物皆是算法，云上世界的顶层设计师，一定是个顶尖的数学家。

刚刚的悬空寺向我展示了云上世界复刻古建筑的卓越能力，那眼前的灯火璀璨则考验着云上世界处理繁复数据的局限性。对此江涛很自信。

江涛说：“你们会看到一个从来不存在的大同灯会，却比以往任何一年的灯会都好看。我们综合了十多年来灯会所有的讯息，制造出来一个新的灯会，比真实的更壮观。”

“不复刻具体时间，是怕和现实对比看出毛病吧？”我说，三叔不就是让我来挑错的嘛，那我必须得拿着放大镜吹毛求疵：“反正热闹就好。”

江涛没争辩，反而冲我和韩彻一抱拳：“要是新灯会有贴图的错误场景，我自罚。你们二位就再辛苦一趟吧。”

现在，晚上8点钟，我和韩彻裹了羽绒服，站到了城墙上。头顶天黑如墨，却是澄净清亮，笼着火树银花的大同。不仅仅是城墙上，城墙环抱的古城也是灯火璀璨。城墙张灯结彩，亮如白昼。我们身边就是两排高大的花灯，是十二生肖和二十八星宿，不时有兴奋的参观者跑过去，找到自家生肖拍照留念。

“年年都有生肖灯，传统节目。”韩彻说。

我诧异：“你年年来？”

韩彻点头：“身为一个大同人，年年来是必须的。”

我挑大拇指，给韩彻一个赞：“你太厉害了。居然能坚持年年来！”

“其实看灯还好，就是陪家人们过来看看嘛，费不了多大劲儿。”韩彻的表情渐渐扭曲，想起了某些往事，继续说：“最痛苦的是写灯会的作文，每年都得写，灯太多了就眼花缭乱，写多了都是套路，到后来就完全不知道该怎么写了。对了，江天，你那灯会的作文还得过奖，你写的啥?”

我有作文得奖的好事儿？我拍拍脑袋。哦，想起来了，我小声说：“剪纸！写的是‘纸上锦绣’小舅家的剪纸!”

“剪纸灯?”韩彻猜测。

“灯会上有非遗展区!”我说，得奖这个事情太可笑了，“嗨，其实跟灯会没啥关系。我抄了100字的灯会介绍，剪纸倒是很仔细地写了300字。”我才醒悟过来，怪不得小舅找我剪纸，他肯定以为我特喜欢这项民间传统艺术，这个误解太深了！我写剪纸完全是因为征文要配图，可是灯会现场我照的照片被各种背景光闪得都没法看，我只好去“纸上锦绣”补拍。所以我得奖的原因不是文字多出色，而是配文的剪纸照片太好看了，是剪纸征服了苛刻的评委。

此时，游客渐渐多了起来，看来是进入了黄金时间。那些游人的长相、表情、口音和服饰，千姿百态，差异极大，不太像是数码产品。可要都是真人，这个云上项目就该是已经正式发布了，不需要在小范围内测试，更不必让我和韩彻做试用者。我正琢磨呢，二爷爷的脸忽然从人群中浮现出来，像是从一群海豹中游出的一头海狮，直直撞向我。我没后退，他就结结实实撞过来，虽然隔着厚厚的冬装，还是有那么点儿疼！

这让我惊着了。居然会感到疼痛！这也太真实了吧？我就伸手去捏韩彻，他顿时“嗷嗷”乱叫。

“你要干吗！”韩彻摆脱我的手，大吼。

我没理韩彻，问二爷爷：“您撞我疼不？”

“有点儿。”二爷爷明白我的疑惑：“疼这种感觉技术也能造出来，神奇吧？高增强现实技术！哈，所以你要是从城墙上跳下去，你也得疼个半死！”

“我不跳我不跳，将近5层楼高啊，我哪儿敢。”估计我都爬不上城墙垛口，腿肚子就会软的。

韩彻莫名其妙：“什么意思？我们体验中还包括跳楼吗？”

“瞎说什么。”我拍打他，“我和二爷爷只是在探讨技术的可能性。”

“那我们往哪边走？我们还有40分钟。”韩彻指指腕表。

往左，往右，其实都一样，绕一圈城墙还是得回到我们站着的地方。但是究竟要往哪儿走呢？我和韩彻都看向二爷爷，他老人家一甩胡须：“跟我来!”就带着我们穿过人群，迅捷向东行走。二爷爷人老腿不老，走起路来飞快，我们尽管年轻，还得小跑着才能跟上。我们走得快，顾不上看城墙两侧摆设的各种组灯。

但这些组灯流光溢彩，造型别致，而且个头很大，想要忽视实在太难了，它们频频闯进我的眼帘：春至，灵丘桃花山，漫山遍野的桃花如一片片粉色朝霞。夏日，神溪湿地山泉奔涌，碧波荡漾，夜月与孤鸿共舞。秋临，摩天岭红叶中，汉长城和北齐长城遗迹尚存，横亘莽原；明长城墙体完整，像一条巨龙蜿蜒起伏。冬到，北岳恒山108峰肃立风雪，雄伟壮丽。

这叫作“四季”的彩灯，在树灯、地插花灯、造型灯、光束灯中穿插微型景观，将大同的自然风光表现得美轮美奂。这些地方，我居然一处都没有去过，身为大同人，惭愧啊！

突然，空中飞出一个巨型花灯，起码有三层楼高。主灯是一丛硕大饱满的富贵牡丹花，姹紫嫣红，花形生动。花上一条金龙凌空舞动，口中不时吐出一颗光亮璀璨的龙珠。花下四只五彩凤凰翩跹起舞。突然，凤凰穿入花丛，龙更是升腾半空倏忽不见。正当人们寻凤找龙，不知其踪迹时，那龙凤又在原位置出现，引得众人连连叫好，赞不绝口。

“这还能叫灯吗?”我问二爷爷，有点纳闷。

二爷爷“噗嗤”乐了：“叫啊！传统灯艺和现代声光电技术配合。小伙子，要有想象力!”

“好香!”韩彻说，耸动鼻子，“是扒肉条的味道!”

在这个虚拟现实环境中，当然可以模仿味道。但是传过来的味道里，浓烈的扒肉条前调后，是清蒸丸子、排骨、牛肉混合出的醇厚中调，接下来还有鲜虾、鲜鱿鱼和干豆角、干葫芦条、油炸豆腐等荤素搭配调制出的后调，还有鸡汤的余香……天啊，电子技术真的可以合成如此复杂的食物味道吗？仅仅闻到就令人垂涎三尺，食欲大开啊！

二爷爷注意到我们不可思议的表情，哈哈大笑，便将我们带到城墙垛口，指指下面，“下头是西耳城了！你们猜有啥？”

这里味道更重，毫无疑问好吃的就在下面。我和韩彻齐齐从跺口探出头去。就见黑乎乎一个洞口，里面烧得通红。洞口周围蒸气升腾，蒸汽中隐约可见沸水滚动。那诱人的丰富食品味道，正源源不断地从水中析出，随着水汽上升，弥散进空气之中。

“这也是彩灯？”我疑惑。

“下去看看不就知道了吗。”二爷爷一脸得意。

城墙垛旁有台阶通往西耳城，走下几十级台阶，到了那洞口下方。我不由得笑起来，那个洞口原来是老式火锅中间的锅胆！洞口周围就是火锅本锅了。现在锅胆中木炭烧得正旺，火锅里各种食材也都炖煮到香味最浓郁的时候了。

我关于灯会的印象中，是看到现场煮火锅的新闻，好像那个火锅还拿了个吉尼斯世界纪录！对了，写灯会的作文里可有不少篇都提到过它。

“大同升锅宴!”我想起来了，“是大同传统什锦火锅!”

“对喽，就是这个铜火锅，煮出的东西好吃。”二爷爷笑，“快去排队，要不一会儿就没有了。”

大同并不产铜，但铜器的制造技艺却历史悠久。制作铜火锅大概是从明朝初年开始，从此就成为大同的特产之一。大同铜火锅在明朝被称为“升锅”，因为能在大同这么冷的地方保持食物的温度而大受欢迎。西耳城架设的这口火锅，空锅就重达2吨，有5米高，3.5米长，是个将近2层楼高的庞然大锅，可以加工约1吨重的食材，同时供1000人用餐，当然，烧炭量也大得惊人。

我们下了城墙，很快就领到了一份升锅宴——一碗汤汁浓稠的烩什锦，一碟调味醋，一份小咸菜，两个牛肉烧麦。在滴水成冰的室外吃火锅，汤暖菜烂醋醇，美味佳肴带来的愉悦感，瞬间就传遍整个身体，产生了一种极大的满足感。我顿悟什么叫唇齿生香，什么叫绕梁三日。

韩彻吃得狼吞虎咽，吃完心满意足：“每年我都

西耳城架设的这口火锅，空锅就重达2吨，有5米高，3.5米长，是个将近2层楼高的庞然大锅，可以加工约1吨重的食材，同时供1000人用餐，当然，烧炭量也大得惊人。

排不上吃火锅的长队。终于吃上了，太好吃了！”

二爷爷吃得十分讲究，碗中菜蔬和各种肉堆得满满的，他微笑：“大同铜火锅的灵魂就是要用木炭！文火慢熬，把食物的味道一点点逼出来，再一点点混合在一起。木炭火力稳定，锅里的食物受热就会很均匀，味道相互渗透，相互吸收，才能肉鲜汤美。”

此时，我们头顶忽然一闪，周围发出惊叹的声音。我们抬头，满天烟花，璀璨绽放，美不胜收。

听听科幻广播剧，
学学科幻小知识
开启你的科幻之旅

9 我要加入你们

我做了一个梦，梦见自己登上了悬空寺，还在灯会的大火锅前吃了好多碗什锦火锅。我一直吃到食物堵在嗓子眼下不去，艰难地打了个嗝，睁开眼。房间里很暖和，我打开台灯。床头柜上的电子钟显示，已经是早上9点钟。我叫：“韩彻！”没人回应。我赶紧掀开对面床上凌乱的被子，里面空空如也。

我立刻清醒了，飞快穿好衣服，冲出房门。记得昨晚上我和韩彻睡的是二爷爷的套房，一厅二房，他老人家睡大床房，我们哥俩睡标间，客厅里摆放了沙发和电视，有一个超大的落地窗户。客厅和大床房也没有人。

我揉揉太阳穴，想起来了——昨天晚上离开“云上星球”后，兴奋的二爷爷就带我们去找江涛吃夜宵。

那时江涛正带一帮人在宾馆院子里围着火炉烧烤，都是些和他一样T恤外面穿毛衣穿得很随便的年轻人。他们把二爷爷白天采办的各种食品涂酱刷油，放到炭火架子上烧烤。看到我们，就递上烤串和啤酒。我一点儿都不饿，虚拟的灯会上吃得很饱，竟然现实中还有饱腹感。二爷爷和韩彻却还能吃。我架不住众人热火朝天的撸串热情，终于还是跟着吃了一些。

江涛告诉我们，这些年轻人都是他“云上三晋大同板块”团队的同事，大家已经在悬空寺宾馆住了两个月，春节也不打算放假休息。

“云上三晋大同板块”这个项目名称，听上去像是我家附近的房地产开发项目，一点儿高科技含量都没有。

“因为一开始这个项目叫‘云上西域’，它是一个虚拟旅游区，对我国西部的地理地貌仿真度几乎达到了百分之百，开放以后非常吸引游客。西部山川河流城市乡村，既有美景又有人文历史，非常值得一游，就是地方太大，游客想要走全很不容易。‘云上西域’就特别好地满足了大家想游览西部，却没有时间和精力的问题。”江涛说。

“西域？”我不太明白，“那是哪里呢？我国并没有西域省啊。”

“‘云上西域’中的西域地理范围参照了我国从古至今的各种西域界说，大体相当于今天的新疆。”江涛身边的一个胖子，就是我们刚到这里看到的那个有狮子爆裂鬃毛般头发的人，在认真解释。后来我知道了他是团队中的景观架构师之一，负责设计虚拟环境中的山川地形。

“我老妈是旅行达人，还做旅行直播，我从来没听她说起过‘云上西域’。是不是有什么问题？”我凑近江涛问，“比如价格昂贵，根本无法消费，仅仅停留在概念阶段，还无法令市场接受？”

江涛吐舌，拍我的头：“你这孩子，说话不要乌鸦嘴。”

“价格其实还好，本来去西部旅游，条件稍微舒适一点的行程也要花不少钱。”胖子回答我，“主要是那套系统，就是你们白天体会的‘神经感应接收器’和‘神经网络工作服’，比较昂贵。那套系统给你们用的是升级版，我们团队自己独立开发的。”胖子得意，“‘云上西域’的那套系统就像个太空休眠舱，笨重得要死，还需要现场调试，这对普通游客有困难。所以只能在科研院所或者旅游中心集中使用，最初的样机就放在中科院计算机所。江天，你妈妈没听说过很正常。”

“那么后来，‘云上西域’怎么就变成了‘云上三晋’，还有，‘云上星球’和‘云上西域’‘云上三晋’有什么关系？”我追问。

胖子就给我解释：“‘云上西域’的成功吸引了很多软件开发团队，有个体的，也有大学和研究所的。‘云上西域’研发团队非常无私地开放了它的源代码，欢迎感兴趣的软件开发团队使用这些源代码进行更多开发。”

我明白了：“所以你们团队就开发了‘云上三晋’板块。三晋是山西的别称，干吗要用这个别称呢？叫‘云上山西’多简单明了。”

“为了和西域合辙押韵，有点古意。云上山西有点儿土味。”江涛笑，“嗨，其实这个名字并不是我们决定的。‘云上西域’因为在信息层面构建出了独立的一个物理世界，受到了全球各国的关注。现在地球资源紧张，如果能有一个新世界容纳大量人口，对地球的可持续发展大有益处。因此在各地有识之士的努力下，各国政府达成一致意见，组织了一个国际组织‘云上星球’，以‘云上西域’为蓝本，搭建数字地球，给人类新的生存空间。‘云上星球’负责构建和管理这个新的数字虚拟空间。”

“所以呢？”我问。听上去，“云上星球”的想法还挺不错。

“‘云上星球’将全球标记为38721块区域，每块区域的大小和形状都不相同。软件开发团队可以任意申请这些区域中的一块进行开发。我们申请了‘云上三晋’这块。我们团队大部分是大同人，就决定先从大同开始，一点点完成整个山西的虚拟世界搭建。”江涛说。

大同的夜晚很冷，悬空寺这边是野外，更加寒冷刺骨。我的心异常激动，对三叔和他的整个团队都崇拜得五体投地。他们看上去貌不惊人，没颜值，不幽默，衣服鞋子也不讲潮牌，但他们在踏踏实实做事，认认真真研究。他们热烈讨论着系统优化的种种解决方案，丝毫不在意烤肉已经烤糊，手上拿着的啤酒早就结冰。他们脸上的兴奋表情感染了我，我也激动起来，我问江涛：“‘云上三晋’这个板块你们要多久能完成?”

“现在还在探索阶段，感觉经验还不足，大同这块儿我们快完成了，大概还要一年吧。后面就会快一些，主要时间和精力都会花费在数据采集上，‘云上三晋’全部完成，得五年。”江涛估算，“这个可不是能速成的。”

“那‘云上西域’做了多久?”我问。

“他们没有任何借鉴，做的是最艰苦的初创工作，到今天已经十二年了。”江涛说，掰着手指头梳理，“整个‘云上星球’目前已经完成了五分之一，很惊人的进度了，全球有好几千个小组在为这个星球的诞生忙碌。我国境内，除了西域，云上海南、云上四川、云上重庆也已经完工。云上福建，云上广东都在论证中，很快就会开工了。”

“那我要是够努力，能加入你们团队吗？”我毛遂自荐。

“你？”江涛睁大眼睛。

“我！我喜欢数学，我喜欢计算机算法，我喜欢你们现在做的这个事情。”我大声地说，“三叔，您招人的条件是什么？我一定要努力达到！”

“你这家伙没喝酒吧？”江涛摸摸我的额头，“你还在上小学。”

“小学六年级！马上就是中学生了。”我说，强调，“三叔我没喝酒。我还是小学生不能喝酒。我很清醒。”

“好！”江涛给我喝彩，他拉起我的右手，高高举起，对在场所有人说：“大家静静，听我说。这是我侄儿，小学生，但他要努力加入我们的团队！他觉得我们做的事情有价值！你们大家说，要不要他加入？”

众人鼓掌，纷纷说："要！"还有人吹起欢快的口哨。

江涛放下我的手，将他的一只手搭在我的肩膀上，神情严肃："江天，我郑重承诺，只要你能通过程序员的考核，胜任程序员的工作，我们这个团队就会接纳你，让你在'云上三晋'的世界中，有一块刻了自己名字的长城砖！"

众人再次鼓掌，跺脚，喊"好"！

韩彻更是大声叫喊："江天，你太酷了！"

呵呵，那个靠唱歌跳舞就能当全民偶像的时代将从我这里结束！到"云上星球"的世界中去建造家园才是未来最潮最酷的事情。

重温昨天晚上的经历，我还真是大言不惭啊，三叔他们团队的成员最次也是研究生。我想加入他们的团队，还得特别快特别快地跳级，否则，等我博士毕业，"云上三晋"早就完成，没我发挥才干的地方了。

我走到落地窗前。窗户对面，阳光正在悬空寺上移动，一点点将寺庙的轮廓清晰地映照出来。白雪覆盖中的寺庙真是特别美的建筑群，我百看不

窗户对面，阳光正在悬空寺上移动，一点点将寺庙的轮廓清晰地映照出来。白雪覆盖中的寺庙真是特别美的建筑群，我百看不厌。

厌。再仔细看，阳光里还有细碎的雪花飞动，停了才两天的雪又开始下了。今年这个雪也下得太多了。

楼下宾馆的工作人员在堆高高的旺火。这是大同这边独特的过年风俗，每到春节前夕，家家户户的院落门前都要用大块煤炭垒成一个塔形，名为旺火，以图吉利，祝贺全年兴旺之意。到了除夕夜开始守岁的时候，就要点燃煤炭，形成火堆，取“旺气冲天”的好彩头。

我看着旺火越堆越高，心里盘算着怎样能尽快达到三叔的用人标准，想得出神。突然，视野中出现了韩彻和二爷爷，他们向大门口走去。

怎么回事儿？对了，二爷爷答应今天送我们回家。是这就要走了吗？我赶紧回房间，抓起双肩背包就冲了出去。

10 与世隔绝

我冲出宾馆，追上韩彻和二爷爷。他们站在大门口东张西望，明显是在等待什么。

“二爷爷，您是在等车回城吗？您怎么不叫我？”我走过去打招呼。

二爷爷的手机响，他接电话。我被冷在一旁，手足无措，还有点尴尬。

韩彻奇怪我的表情，问：“江天，你不知道啊？”

我奇怪他的问法："知道什么？"

韩彻还是反问道："早上新闻里都报了，你不知道？"

我瞪他，嚷嚷："我在睡觉我怎么知道！到底怎么了？"

韩彻打开手机，扒拉一下屏幕，送到我眼皮下面。

屏幕显示一页快讯，红色的大标题仿佛一排惊叹号：红色预警！大雪封城！气象部门提醒广大市民尽量不要出门！

原来我们出来的这一晚上，大同市区和近郊县都下起了大雪。到了早上我醒来的时候，地面积雪平均厚度已经达到了罕见的12厘米，部分地区积雪厚度甚至超过了15厘米。15厘米？我不由得伸出左手掌，用右手掌丈量，估计也就13厘米。好家伙，我要是把手垂直插入积雪，雪会一直埋到我的手腕！真是从来没有见过的大雪！今年这天气太反常了，从元旦开始雪就没停过。好多地方的积雪还没有融化，又加了一夜落雪，真是雪上加霜。

快讯中说大雪虽然停了，但道路上的积雪还没有清除，火车已经停运，高速公路也封闭了，飞机目前也有部分航班停飞，以尽可能防止出危险。

我突然哆嗦了一下，赶紧问："那我们今天回不去了？"

二爷爷放下电话，说："可能给我们派个直升机。过来的高速都封了。国道积雪太深需要清理。我们昨天进山的隧道口被大雪埋了一半。江天，你平时不看电视吗？"

"不看。"我说，"我家为了我的智力和视力，没买电视。"

二爷爷感叹："那也得经常关心时事啊。你这孩子，以后每天要收看《新闻联播》，记住！"

这时，江涛和宾馆经理来了，两个人神色都有些紧张，不像二爷爷那样镇定自若。

"嗨，兵来将挡，水来土掩，有啥过不去的，看你们俩这表情！"二爷爷不高兴，"心都给我放回肚子里去！放心，天塌不下来。"

我叔没说话。经理苦笑，絮叨："老爷子，宾馆里的存粮够吃一个星期的，只要这周高速能开，我就没啥担心的。"

二爷爷说："那你干吗还耷拉着脸像根苦瓜。不就是大雪，不就是极端气候吗？要坚强。听政府的，啥困难都能过了！呵呵，电话来了。估计直升机有戏。"他接通电话。

空中积云厚重，雪花分明比刚才的又大了些。看来昨天在市郊区肆虐的大雪今天要转移到这里来了。我隐隐有种不好的预感。

果然二爷爷放下电话，很不爽地说："过不来！直升机过不来！"他的目光扫过我、江涛、大堂经理和韩彻，声音严厉："起码一星期，我们要过与世隔绝的日子了！"

我要是踏踏实实留在舅舅的作坊里剪纸，昨天就回家了。可是这会儿肯定也待在家里出不去。倒是能一直收看电视台滚动播出的《新闻联播》。

韩彻过来拉我："走吧，呆这里傻等没用。"

"呵呵，你今天早上怎么不叫我起床？"起床气消得差不多了，我和颜悦色问。

韩彻解释："你昨天晚上特兴奋，上床数了三万头羊都没睡着。早上我看你睡得挺香，不忍心叫你。"

好吧，昨天晚上我是太兴奋了。我找到了一个未来的目标，终于确定了从哪里开始我的非凡人生。

“韩彻，”我问他，“要直升机真来了，你不叫我就自己一个人回去？”

韩彻瞪我：“我能干这种事儿吗？就是陪二爷爷出来接电话。你这人什么都好，就是老想太多！”

“思维活跃点好。”我说，“咱俩要共处一室一周，得互相照应着点。”

“好像我不照应你似的。”韩彻踢我一脚，“你晚上磨牙说梦话，我能睡着不容易！”

我和韩彻说闹间，二爷爷他们转身回宾馆大厅。我们赶紧跟过去。大厅里已经坐满了人，连办理住宿的柜台上都没空位置了。真是想不到，这看上去不大的宾馆居然能装这么多人。众人交头接耳，形成一波“嗡嗡”的气浪，冲击着我的耳膜。

看到二爷爷他们，众人瞬间安静了。所有的目光都聚集在二爷爷身上。

“高速封了。国道积雪太深。进山的隧道口被大雪埋了一半。云层气流复杂，直升机过不来。外面又开始下雪了。气象部门预告午后会变成大雪。市区已经发布恶劣天气红色警报。”二爷爷罗列现象，字词之间毫不讲究逻辑性和关联性，最后一锤定音："大家伙儿这个春节，要在这里过了。起码要坚守一周。"

"噢!"有人只是确定下消息。

"反正我也没想走。"有人耸耸肩无所谓。

"双倍加班工资。"有人开玩笑。

这些出声的都是蓬头垢面不修边幅的青年，看身上五颜六色的格子衬衫和T恤，都是三叔手下的程序员。

"我们就回不了家了吗?"有穿酒店制服的人问。

"一周内回不了。"二爷爷回答。

"可明天就是除夕了！得回去吃团圆饭啊!"酒店工作人员中发出焦躁的声音。

二爷爷说："想走我不拦着，可我没有铲雪开路的机械，也没人手帮忙。要走就自个儿破雪找路。开车的车要冻在路上别打电话给我。你们要觉得为了个形式上的团圆饭，死了都要爬回去，我无话可说。"

没人再反驳。答案显而易见，选这个时候走的人肯定脑子里进水了。

"那就散了吧，该干吗去干吗。"二爷爷下令。

此刻的二爷爷，腰板笔直，不怒自威，指挥着大厅里的众人。

“二爷爷您年轻时候是军人吧?”我好生崇拜，问他。

二爷爷鼻子里“哼”一声，不屑：“只当过民兵。不过这百十号人，小场面。”

如果不是还在下雪，除雪的效率会很快。不过后天可是大年初一啊，回不了家，还是有点令人沮丧。我的班级群中，老师通知所有培训活动都暂时停止，欧几里得的赛前培训也在停止之列。看来我只能自己刷题了。

我和奶奶、妈妈通了电话，她们正好在一起。妈妈早上到奶奶家准备饭菜，走不了了。奶奶的小区门口雪又深又滑，为了安全，进出都不让了。

“好好和你三叔、二爷爷他们相处，别乱跑。”妈妈叮嘱，“咱们视频拜年哈。”

我忽然意识到，这个与世隔绝还真是一个和三叔团队深入接触的好机会。

像是和三叔有心灵感应，房间的电话忽然响了，三叔在电话那头问我：“现在是不是特无聊?”

“是啊是啊，”我赶紧说，“叔，你还有什么体验项目？”

“有啊！还有一个项目，也是‘云上大同’最重要的内容！”

“那是什么项目？”我好奇心顿起。

“你猜。大同的标志是——”

我不用猜，那个名字就脱口而出：“云冈石窟！”

云冈石窟是佛教自两汉之际传入中国后，第一次大规模兴造的皇家石窟寺，在历史上掀起了各地石窟寺的营建运动。其造像制式被佛教考古界称为“云冈模式”，代表了公元5世纪世界雕刻艺术的最高水平。2001年被联合国教科文组织批准列入“世界文化遗产”名录，在世界上享有盛誉。为中国规模最大的古代石窟群之一，与洛阳龙门石窟、敦煌莫高窟、麦积山石窟并称中国四大石窟。

我记不得第一次去云冈石窟是什么时候的事情了。北京人没去过八达岭长城算正常，太远了嘛。但云冈石窟离城只有16千米，属于开车一踩油门就到了的地方。因此大同人一生必须去的地方，排名第一的绝对是云冈石窟。外地人到大同，第一个要

云冈石窟是佛教自两汉之际传入中国后，第一次大规模兴造的皇家石窟寺，在历史上掀起了各地石窟寺的营建运动。

去的风景名胜，也肯定是云冈石窟。

别看我虽然年龄不大，去云冈石窟最起码已经三次。记得是外地来客陪同一次，因为那客人有个和我差不多大年龄的孩子，我必须陪同。第二次是学校组织的秋游，我印象深刻的是石窟前灵岩寺人工湖中的大白鹅。第三次则是课外班的作文现场教学课，辅导老师说只有把自己家乡写好了，才能去写别人的家乡。而家乡的云冈石窟，最值得大写特写的。

我奶奶对云冈石窟没什么好印象，她说那边公路上全是运煤的大车，空气中都是煤尘，经过后就会觉得肺疼，甚至连云冈石窟中佛像的脸上也都是煤灰。妈妈印象中的云冈石窟前人山人海，不知道是来看人还是看石像，云冈石窟出口的商业街也是妈妈的吐槽点。

每个大同人心中都有他想象的云冈石窟。妈妈说，只有真实的瑰宝才会千人千面，在不同人眼中呈现出不同的样子。

三叔重现在数字虚拟时空中的云冈石窟，会有几分真实？

11 武州山下

“云冈石窟？没兴趣。”韩彻说，“灯会多看几遍我还能忍，石窟就算了。”

我问他：“你去过多少次？”

韩彻叫：“还多少次！有一次就够了。人挤人，要不啥都看不到，要不就看到好多没头没手的石头像，走好多路不说，晚上睡觉还做噩梦。”

他说得很实在，其实我也不愿意再去参观石

窟。但听三叔语气，云冈石窟绝对有技术含量，我想要以后和他一起干，就非得去了解不可。

我问二爷爷要不要一起。老人家脸色立刻变了，像被我踩到了脚，跳叫：“不去不去，我去一次可就折腾不起了！”

奇怪，参观云冈石窟而已，怎么二爷爷的表情这么夸张。

“可能，对老人家来说是有那么点儿折腾。”江涛微笑，抱臂而立那姿态透着股得意劲儿，冲我说：“他们都打退堂鼓了，那你还去不？”

我肯定：“去啊。这是三叔您推荐的重点内容，我当然要去。”

“好，这个内容板块45分钟你看不了什么，我给你调两个小时吧。”江涛的笑容中好像还有点儿“看你小子行不行”的挑战。

“没问题。”我痛快答应，再看韩彻，问：“你真的不和我一起吗？”

韩彻说：“江天你想当程序员，我可不想。而且我已经陪你体验了悬空寺和灯会，我就没什么必要再去云冈石窟了。”

“那要是我请你去，而且把玩具城那个机器人买下来送给你呢？你去不去？”

韩彻吃惊：“那个机器人很贵，怎么能让你买！”

“嗨，就当新年礼物。”我在心里迅速清点即将收到的压岁钱，买那个机器人没问题。但要是韩彻不和我去，我一个人在云冈石窟里逛两个小时就太无聊了。

“你需要我去？”韩彻问我，强调“需要”两个字。

我点头：“是，是，我需要你。而且，为了谢谢你，我要送你一个机器人作为新年礼物。”

韩彻舒了口气，“好吧，那我就陪你去。谁让我是你的同学，好朋友呢。新年礼物，你不会反悔吧？”

我一拍胸口，话说得斩钉截铁：“当然不会！男子汉大丈夫，一言既出，驷马难追！”

后来，我还真后悔了。其实，我可以一个人去云冈石窟，用不着韩彻。因为在石窟的两个小时，别说无聊的感觉，就这两个字我都忘记怎么写了。韩彻充分发挥了陪伴的作用，真的就是陪伴，给我来自同时空同伴的安全感，但在整个体验过程中，我和他说的话很少。他的话就更少。

我们都太忙了。

我们进入虚拟世界的第一个落脚点，是武州山山脚下。朝霞满天，山风清爽，预示将是晴朗干爽的一天。我们卷了头发，上身穿斜襟粗布的短衣，下身穿肥大的裤子。如果不是腰间有条麻绳勒住裤子，它早就从腰间滑落。我们都没有鞋，光脚站在一条溪水旁。周围山坡上，十几只山羊正在漫步啃草。高处有一条土路，不知通向哪里。

我们手掌上浮现出几个字：公元456年，武州山牧羊。

手掌式联络器。

牧羊少年。

这出厂基础设置还可以。

“公元456年？”韩彻诧异，“这年份有什么特别含义吗？”

我刚要说话，前方传来一阵喧哗，好多人跑过来。这些人穿的都是和我们差不多的短衣，头上包了头巾。但是最后面的一个人却是长袖僧袍，长了一张高鼻梁深眼窝的外国脸，还没有头发。他停下来不跑了，前面就有几个短衣人回过头，围住他七嘴八舌：“师父，师父，您就换衣服吧。”“再要做和尚命就都没有了。”“前面便有官府的关卡，过不去的。”

“我已经是僧人，不会为了活下去就放弃自己的身份。你们走吧。不要因我被连累了。”僧者说，声如铜钟，十分坚定。

那些短衣人见他如此执拗，便纷纷行礼，转身离开。他站在那里，看着众人远去，才从容走下高地，走到溪水边，弯腰喝水。

我看他面容和善，又已经出家，想来不是坏人，便上前问他：“您怎么称呼啊？”

他喝了水，又洗了洗脸，才注意到我似的，目光仔细打量我。

是不是我刚才的问法不对？太过现代了？换一个啊，我恭恭敬敬双手合十，问：“请教大师法号？”

他笑了，说：“贫僧昙曜。”

我和韩彻都吃了一惊。我们虽然对佛学和佛史没啥了解，但好歹都去过云冈石窟。石窟大门进去就是昙曜广场，广场上竖立了一尊昙曜的青铜雕像，他是云冈石窟的总设计师，奠基人。昙曜铜像出自著名雕塑大师吴为山之手，姿态挺拔，袈裟飘逸，目光平静注视前方，充满自信和觉悟力。我还和这铜像合过影，所以昙曜这个名字印象很深。

见我和韩彻表情诧异，昙曜便说道：“贫僧克什米尔人，相貌不同于你们，请勿害怕，我像你们这般大时已经出家学习佛法。万物有灵，诸生平等，我不会伤害你们。”

“不，不，我们不是怕您。我们只是诧异……前面那些人为什么要您换衣服呢？”我不能告诉昙曜为什么会吃惊，只能胡乱找个理由。

昙曜回答：“皇帝命令拆毁寺庙，焚烧佛像、佛经，僧尼若是不还俗，便要被坑杀。”

我和韩彻都急了：“那您还不换衣服，不害怕吗？”

“不怕。”昙曜坦坦荡荡，“既已选择的人生，便要坚定地走下去。佛法无边，博大精深，不会因这一劫难便消失无踪。若有机会，我定会弘扬佛法，再造佛陀世界。”

“那您要是有机会准备干什么呢？”我试探性地问。

昙曜起身张望，他的目光在武州山陡立的石壁上盘旋，他说：“我曾经路过敦煌，那里庙宇林立，人们挖山凿窟，在窟中树立佛像，留存万世，供人膜拜。如果我有机会，我便以敦煌为范本，在这里开凿佛像之龛，修筑寺庙。希望由此传播佛音，引渡众生。”

说得真好。我不由得给他弯腰鞠躬。韩彻也赶紧跟着我鞠躬。等我们鞠完躬直起腰，昙曜却不见了。我们只好赶着羊，顺着溪流往下游走。朝霞与晚霞，春天与秋天，季节和昼夜随着我们的脚本不停替换。

当我们走到武州山北山壁下时，我们再次遇到昙曜，他居然还记得我们，告诉我们许多事情：“牧羊人，我回来了。新皇帝不但撤回了老皇帝废佛的诏书，还同意了我选择武州川的断崖作为开窟之所，因为这段断崖的水平层为砂岩石结构，最适合雕刻。担任雕琢的石工，都有着娴熟的技术和丰富的经验。”

“祝贺您。您一定能开凿出不亚于敦煌的伟大石窟。”我衷心地祝愿。

“我不会照搬敦煌。那些作品只能借鉴，我会融进自己丰富的想象，还有现实的需求，创作真正属于我，属于这个时代的伟大作品。只有时代的，才是历史的。”

于是昙曜就拿起一把凿刀，在那坚硬的石壁上，刻下了第一刀！

我手掌上，便浮现出一行字：公元460年，云冈石窟开凿。

武州山下，顿时成为热闹的工地，工匠们搭架凿山，开泉成河，平地修路……我们跟在昙曜背后，看他绘制佛像图纸，石窟布局；看那些工匠炸山开洞，雕小佛塑大佛。我们常常丢掉了昙曜的身影，再找到他时，就有一个洞窟大功告成。

时间在我们身上迅速流淌，让我们用极短的时间感受着武州山的变化。

我们进入虚拟云冈石窟的第57分钟，昙曜五窟完成了。这是465年。五窟占据了武州山北壁正中的位置，由东往西，一字排开。它们的规模之大，看到的人无不顶礼膜拜。而我和韩彻两人看到过它们1500多年后的样子，对崭新的它们不仅仅是敬畏了，还有深深的惋惜。刚刚落成的它们，实在是太壮观，太美丽了。

在昙曜之前，还没有人开凿过如此大型的石窟——每个洞窟的主洞都为椭圆形，顶是穹窿状，开有高大的门和明窗，供一尊佛陀。我们目睹昙曜在开凿过程中遇到的种种问题，虽然知道他必定成功，但还是为他捏了一把汗。

昙曜五窟最东端的洞窟，所供为立佛。这尊佛陀头部刻有波状头发，面部长圆，身上穿的袈裟非常有特色，是从双肩搭下来后其衣角搭在左肘上，胸前用带子打结的“中国式袈裟”。这以前，佛陀像都是来自印度的袒右肩式和通肩式的袈裟。

东边第二窟洞窟地面低于洞外地面，这是由于佛像太大了，雕琢腿部时发现洞窟的高度不够，昙曜果断命令工匠们将洞窟的地面向下挖掘，终于把佛像雕刻完成。这尊佛像比隔壁那尊高一些，头戴宝冠，身上饰璎珞、臂钏，胸前佩蛇纹饰带。

东边第三窟，位于五窟正中，窟内的佛站在很低平的莲花座上，大眼、高鼻、垂耳，面相俊朗，带有笑容。和前两窟的佛像不同的是他周围有很多弟子陪伴。他的袈裟上沿着衣纹贴满了小坐佛。他的左右两侧各有一尊菩萨，菩萨头上又雕五尊比丘像。左右侧壁还有一尊高大的立佛，比他矮些，容貌却与他很相似。

西边第二窟，是这五窟中最大的洞窟，供的佛像也大，代表着开国皇帝拓跋珪。大佛是直接坐在地面上的，身穿与第二十窟大佛同样的袒右肩、右肩覆衣角的袈裟。这尊佛像实在太大了，不管在洞窟内还是洞窟外，都无法看到大佛的全貌。礼拜者站在洞窟外面，透过明窗才能一睹大佛的容貌。昙曜的这个设计真令我们叫绝，他用大佛和洞窟限制了参观者的视角，参观者只能按照规定的方式参拜大佛，自然而然就有了敬畏之心。

最西侧的这尊大佛，快修完时前壁和窟顶崩塌，本来藏在洞窟内的主尊像完全暴露在外面。主尊为坐佛像，他的相貌我们都太熟悉了，凡是云冈石窟的宣传资料，便都有他的照片。他是云冈石窟中最有名的大佛，俗称露天大佛，被看作是北魏佛

西边第二窟，是这五窟中最大的洞窟，供的佛像也大，代表着开国皇帝拓跋珪。

像雕塑宏伟气势和艺术成就的代表。这仅仅是因为昙曜没有再修复他，就让他裸露在外，竟然成全了他，成为云冈石窟的标志。

洞窟内高大凉爽，五尊大佛代表五位北魏的皇帝，他们大气、豪放、刚健雄浑，既有帝王的气概又有佛陀的慈悲。我们徜徉其中，竟然久久不愿离去。

我便询问："法师，大佛已经雕塑完成，您还将继续做什么事情呢？"

昙曜说："弘扬佛法，还有许多事情，需我一生努力。"

他在翻译佛经，他还在努力筹划保全寺庙的经济来源……他一切的努力都是为了佛教永传不绝。

我和韩彻对他好生崇敬，我们便又拜了拜他。在我们眼里，他并不是现代电子技术造就出的幻影，而是活生生存在的有血有肉的长辈。

12 系统的目的

我和韩彻回到了现实世界。我竟然还有些不适应，闷闷不乐地就去房间休息。一直到晚饭时我才在餐厅和众人见面。

二爷爷说："叫你别去云冈石窟，你偏去。2个小时见啥了不高兴？嘿，江涛，你这旅游项目该是让人开心的啊，怎么这俩孩子都愁眉苦脸！"

我说："我没愁，就是有点伤感。"

二爷爷乐："你多大点儿孩子，你和我说伤感！"

"真的伤感。您是不知道，昙曜法师那么辛苦，他是个天才，所有智慧全部都用在设计建造还有怎么保全云冈石窟上了。昙曜五窟中的佛像都是巨人尺度，皇帝的相貌，为什么？就为了人能有所敬畏，知道珍惜。可现在五窟什么样？我一想到那么美好的东西，被糟蹋成现在这个样子，我心里就堵得慌，难受。"我说出这些话，心里多少舒畅了一些。

二爷爷愣住了，没接上我的话。三叔递给我一个苹果，我轻轻推开。

"你要不吃，所有人都不吃，这个苹果会怎么样？"江涛问我。

"会腐烂。"我回答。

"对，会腐烂。万物都有开始，兴盛，衰败，死亡。昙曜五窟经过了1500多年的时间，现在的状况有人为破坏，也有自然的力量。石窟本身是砂砾岩质，就很容易风化瓦解。"江涛耐心解释，"很多石窟中做支撑的粗壮石柱，被风雨侵蚀，有的上部已经变得很细，有的柱顶已经和窟顶分离。东部和西

昙曜五窟中的佛像都是巨人尺度，皇帝的相貌，为什么？就为了人能有所敬畏，知道珍惜。

部洞窟外壁的雕像与题记风化了。还有许多石窟内的窟顶雕刻已呈板状剥落，窟顶岩石还有崩塌掉块的危险。很多雕像不能碰，因为雕刻他们的砂岩已经被风化得如同一张酥饼，手指轻轻一触，岩石的表面就会脱落。”

“所以，”我忽然明白了“云上项目”的意义所在，“你们要做‘云上三晋’，以数字方式保护这些石窟！”

“也对也不对。”江涛继续说：“肯定有保护的动机，毕竟这个虚拟现实追溯了历史，提供了很多更鲜活的场景，会比参观实物更好看。而且，更吸引公众关心、喜欢和了解石窟艺术。但，再保护它还是会毁灭的，我们最终可能会取代它。”

我试着理解江涛的话，“你是说，如果有一天洞窟中的佛像都因为风化变成了砂砾，但因为这套技术，游客走进洞窟后，仍然能够感受到佛像的存在。”

“不是没有这种可能。”江涛回答得很谨慎，“不过目前，对于我的程序员们，还是先精准实现云冈石窟的虚拟现实！你经历了一小段，怎么样？”

“就像亲身经历，却又有旁观者的疏离，比看电影有意思多了。”我说，“我开始还以为像悬空寺那样的完全仿真。”

江涛笑：“我们不想照搬悬空寺的模式。云冈石窟的管理方已经把数字化做得很好了。我们要虚拟现实，但不一定是虚拟此刻的现实。灯会给了我们启发。灯会你经历了的，我们把这些年灯会中最好的部分重新组合，得到了一个超级绚丽的豪华灯会。所以我们是可以往这个方向考虑的。”

“你加入了历史这个因素！”一直没说话，埋头吃饭的韩彻忽然说。

“是的，我们构建了一整部云冈石窟的历史。这真是超级困难的工作，好在，我们快完成了。”江涛无不得意，“这需要历史学家，佛教学家，石雕艺术家，社会学家和民俗家，很多不同专业的人的智慧汇总。然后我们把这些智慧存进电脑，程序员再加上算法，就生成了你们现在看到的场景故事。”

“您的工作好神奇。” 我终于心服口服，对三叔和他的团队佩服得五体投地。

“会改变大家的旅游方式，从而影响大家的生活方式。”江涛微笑，“江天，云冈石窟你只看了昙曜五窟，别的窟就不看看了？每个窟可都有它有趣的故事。”

“不了不了。”我连连摆手，“三叔，我现在只想好好睡个觉。这两天我得到的信息量太大了，得消化消化。”

江涛点头，温柔地说：“那去休息吧。睡个好觉。”

这天晚上，我早早就睡了，睡得特别沉，还做了一连串的梦，就是开篇的那些真实度超高的梦境。要说这个梦境我有什么不满意的地方，是少了我亲爱的妹妹江月小朋友，没有她的家庭生活有点枯燥。满意的地方，当然是我狂拿数学竞赛金牌能进入重点大学。梦就是为了满足人们心愿的地方。但自然发生的梦境不容易稳定，目的性也不容易掌握。

“云上三晋”这套系统，所生成的梦境却可以保证目的性，绝对可以心想事成，而且只要不断电，也没有黑客捣乱，梦境就可以永远维持下去。

隔着落地玻璃窗，我看着对面雪雾中的悬空

寺，心潮澎湃。

我赶紧穿好衣服，胡乱洗漱一通。

韩彻被我的动作惊醒了，揉揉眼睛，盯了我十秒后，也开始穿衣。

“你昨天晚上做梦了吗？”我问他。

“没有，”他打个哈欠，“就是有点腰疼，可能是我趴着睡没盖被子。喂，江天，你的诺言……”

“买机器人，是吧？”我笑，拍拍韩彻的头，“放心，我答应过的事情，一定做到。”

韩彻摇头：“我是说，昨天石窟游挺精彩的，比看电影都精彩。那机器人就算了。”

“算了？”我惊讶，“就算了？可你那么喜欢它。”

“我自个儿挣钱买。自己努力收获的，才得劲儿。”韩彻叉腰挺胸，俨然是个大人物。

我竖起大拇指给他点赞！

忽然，客厅里传来二爷爷的惊呼：“什么？又有寒潮从北边来，本市还要经历一次大范围低温雨雪冰冻天气！！”

看到我们，二爷爷丢开手机，安慰：“没事，下个雪。我老人家待得住，你们两个小年轻也要稳住心态，不要焦躁，就踏踏实实留在这里，也不要乱窜。”

“把我游戏机拿来，别说七天，三个月我都待得住。”韩彻说。

二爷爷立刻吹胡子瞪眼睛：“这个别想。二爷爷带你们出来是长见识，不是躲家长！”

韩彻赶紧说：“我开玩笑，开玩笑呢。”等二爷爷转移注意力，他便悄悄和我说：“咱俩要看七天电视剧吗？”

“楼上都是实验室，还怕找不到玩的？”我冲他使眼色，“我们可以继续做三叔的体验者。”

韩彻赞同我的想法，并且提出他的建议：“还可以把体验时间延长一点。我很想做个石匠。我刚才手机上查了，昙曜五窟后云冈石窟的开凿进入巅峰，佛像的雕塑中加入了大量彩绘。我想如果在那时雕一尊佛像，能留存千年，肯定特有意思。”

我立刻起身：“那还等什么，我们去找三叔。”

三叔也在找我们。

“正好，我也有事情需要你们做。”三叔笑眯眯地说。

“什么事？”我有点莫名的兴奋。

江涛问：“听说你们在‘纸上锦绣’学剪纸，学得怎样？”

“还行。”我迟疑几秒钟，回答。

“那太好了。今天除夕，我们得有点儿过节气氛，那你一会儿就教大家剪窗花，做灯笼，还有拉花什么的。”江涛给我布置任务。

我一摊开双手，无奈地说：“可我们没原料啊！纸、笔、刻刀、颜料什么的，都没有啊。”

“二伯都带来了。就你们来时一起带来的。”江涛胸有成竹，“就这样，美化装饰拜托你们了。”

怪不得二爷爷从剪纸坊带走那么多东西，原来早有计划了。我有点生气，但转念一想，给人做老师这事儿不坏。三叔团队中的程序员一个一个牛得不行，看人都不带正眼的，现在他们全得听我的。

我立刻就去找材料，和韩彻一起将两个大纸箱从一层储藏间拖到二层餐厅。程序员们拖拖沓沓进来，看我们打开纸箱。

“小朋友，这个不会太难吧？”“剪刀你会用吗？”“Ctrl + C，Ctrl + V，我5岁就会了！”……程序员们交头接耳，嘻嘻哈哈，都没啥正形。

韩彻有点担心："江天，我们能行吗?"

我给他打气："嗨，兵来将挡，水来土掩，论手工，我们怎么都比这帮玩键盘的强。"

我就划开纸箱上的胶带，打开，里面一包一包排放得很整齐。取出其中一包打开，却是已经剪好且上了色的窗花；再打开一包，是红色的拉花；再拿一包，还是剪好且上了色的窗花……

并没有需要我和韩彻做现场教学的白纸。所有春节装饰房屋的东西都准备好了，只等我们张贴悬挂。

"太漂亮了!""这么多图案，天，早就听说山西纸艺厉害，爱了爱了!""你们灯会组，好好看看真正的大同剪纸!"……在程序员们的赞叹和议论中，我一包包抖开剪纸：二龙戏珠、龙凤呈祥、飞天起舞、狮子滚绣球、鸳鸯戏牡丹、喜鹊登梅、燕子穿柳、彩蝶飞花、鲤鱼跳龙门，一共九种图案，花草、动物色彩鲜艳，活灵活现，精气神十足，透着节日的喜气和朝气。

我第一次觉得，小舅舅太厉害了！他把剪刀运用得如此出神入化，完全不输于昙曜手下的工匠。

而且，那些我以为乡村集市风的老土色彩，现在看起来浓烈得竟然很现代风！

“贴起来，贴起来！”程序员中有人嚷嚷，“看看立体效果怎么样！”

怎么样？当然是非常棒！忙了一个上午，我、韩彻和程序员们完成了全楼的室内美化，窗花、拉花、纸堆花，普普通通的宾馆一下子就充满了浓郁喜庆的春节风。因为大雪带来的消沉和沮丧，顿时没有了容身之处，被大家齐心合力赶出了酒店。

二爷爷还现场挥毫，给宾馆画了门神，写了一副对联。他居然自带了洒金的大红纸，字写得那叫一个纵横大气，联曰：

好心态，常锻炼，增强免疫力，大雪能奈我何。

多工作，少无聊，为众生利益，分秒攻关时刻。

听听科幻广播剧，
学学科幻小知识
开启你的科幻之旅

13 郁闷的年夜饭

下午宾馆经理开始派发蔬菜、水果、糕饼小食品等年货，他还自告奋勇给大家理发。理发是件大事情，因为按照大同的民俗，从大年初一开始，一直到二月二龙抬头，都不许理发。谁要在这期间理发是要死舅舅的。我总共就两个舅舅，哪个都不能死。所以，讲究点的大同人都会赶在大年初一前理发。

三叔他们忙工作顾不上，好不容易到年三十了，二爷爷下死令，无论如何得理个发。原来是说好了大同一个理发馆除夕派理发师过来，大雪封了路，理发师出不了城。二爷爷直发愁，经理就毛遂自荐理发师职位，并且拿三叔练了手。结果从午饭后一直忙到了晚上6点多，经理才把三叔和他小伙伴们的头发和胡子收拾干净。

还别说，剪了胡子，剃了光头的三叔有点小帅，眉眼和我爸十分相似，果然是我爸的亲弟弟。我赶紧和老爸视频，叫他看三叔。

三叔十分开心，握着我的手机和老爸聊起了家常。

老爸问："老三，你那项目什么时候能对公众开放啊？现在大雪出不了门，大春节的在家待着太难受了。正好去你的云世界逛逛！"

三叔说："我们原打算春节后公测的，准备了两千套简易服务系统。现在看来没法子按计划来做。"

老爸奇怪："什么叫没办法？现在时机正好，就该赶紧推出这个系统，能帮大家不少忙。"

三叔皱眉："可是怎么发放？还有使用培训，互动时间协调，登录和退出管理……一大堆环节目前都没法儿跟进啊！"

"老三，等你解决了这些问题，就会有新的问题。一个成熟的系统没有人使用，和一个不成熟的系统却用户众多，两种情况你自己选。”

三叔张大嘴巴，却没发出声音，感觉他的选择恐惧症要发作了。我就拿过手机，冲屏幕中的老爸发表意见：“我体验了三场，老爸，现实感特别好！我觉得，三叔应该马上开始公测！”

“看看，江天都比你有决策力！江涛，你赶紧拿主意！”老爸催促。

三叔闭上嘴巴，深呼吸，再度开口：“这个我得好好想想，和大家伙商议一下。不过，哥，你千万别提醒二伯，他是个急脾气，又是这个项目的投资人之一，他要是非让我现在就公测，我还真一点儿辙都没有，必须听他的。”

老爸点头：“我明白。我不会提醒二伯。江天你也要稳住。让你三叔权衡利弊。”

我就用左拳头击打右肩，表示我绝对值得信任，“我不会提醒的。可是，二爷爷心思活，保不齐他会想早点公测。”

“那你就多陪陪他，让他闲不住，他就不会往虚拟世界那边瞎琢磨了。”老爸下命令。

“得令！”我抱拳回答，“陪二爷爷我没问题。公测怎么做，三叔您还得早拿方案。”

三叔说：“我明白。这一两天吧，我得评估可行性。”

我三叔江涛并不是优柔寡断的人，当初只身一人去东北上大学，后来又毅然放弃进京去大国企的工作机会南下，每一次决策都干脆利落，绝不拖泥带水。但他说那是他个人命运的选择，他当然可以任性妄为，大不了错了重新再来，他年轻，经得住折腾。可是“云上三晋”这个项目不是他一个人的，是由研发团队，项目管理、统筹、宣传发行等组成的保障团队，涉及157家合作单位的数据采集、挖掘、整合团队，以及资金募集运作团队共同组成的整体，他不能想怎么干就怎么干。

至于二爷爷，他说自己已经年逾古稀，就是想在有生之年，多体验和多见识，他追求“新、奇、特”，他不怕折腾，因为见过了太多折腾，有好有坏，成功也好失败也罢，都是过程，都会过去。“到了我这个年龄，自然就会举重若轻，大智若愚，哈哈……”二爷爷抚须摇头晃脑，只有他没理发，还留着长胡子，“这场雪灾真不算什么。大家忍忍就过去了。来，小伙子，我们包饺子去。”

包饺子这事儿我不喜欢，可老爸有交代，得陪着二爷爷，我只好跟他进了后厨。要给这么多人做年夜饭，宾馆的人手不够，三叔他们就和宾馆经理商议，一起来做年夜饭。经理剃头剃得兴高采烈，现在放下推子拿起擀面杖，瞬间身份由理发匠转换为面点师，大呼过瘾。

可怜二爷爷本来想大展身手，给我看看什么叫一个饺子四十个褶，却发现后厨里早已是人满为患。做莜面卷卷、炸黍子面的油糕、抿豆面、压豆面饸饹、炒盔垒，光主食就有六七个人在忙。到处热气腾腾，香气扑鼻。连我这不爱油糕的人，都禁不住刚出锅油糕的金黄色泽诱惑，挑了个小的下嘴。那脆酥糯软的滋味，我竟然从没有尝过。“好吃!”我只能特没文化地说出两个字。

韩彻连这两个字都没说，光忙着对付手上的油糕了。

厨房里炒菜，包饺子的人只好挪到宾馆大厅里干活儿。有4种馅儿，猪肉大葱、羊肉大葱、牛肉番茄和素什锦。两种面，白面和莜面。莜面要加入山药粉做玻璃饺子。

我们赶到大厅的时候，包饺子已经进入尾声。4种馅儿的战队你追我赶，包好了将近1000个饺子。二爷爷看到南北不同流派的饺子歪七扭八躺在篦帘上，完全不符合他的审美，鼻子都要气歪了。程序员们还兴高采烈要二爷爷展示他的包饺子绝学。

二爷爷说什么也不展示，推辞屋里太热，要去院子里散步。我赶紧跟上，把韩彻扔在牛肉番茄那队里，包带吉祥物的运气饺子。院子里西北风刮着，雪稍微小了些，但积雪已经有半尺了，大门紧闭。保安在值班室里找了半天，死活找不到开门的钥匙。二爷爷只能散步到门边，围着旺火绕圈。

我们的这个旺火垒得足有一层楼高，形状像个花瓶，很好看。

“底小、肚大、顶尖、内空，花瓶形状的旺火，是又好看又实用。煤烧光后成炭，而旺火整体不塌。得这样才能来年福禄双全，财旺人旺！”二爷爷说，“凡事儿都得有个讲究。”

我仔细看旺火，确实如二爷爷所说，形状不是随意搭成的。

“这是传统手艺，还是有个数学公式可以根据高度和直径套用？”我自言自语，要是列公式的话我从哪儿开始呢？

“子时才能点火，那时太冷了。烧了旺火也冷。”二爷爷也在自言自语，突然停下脚步，直勾勾盯着那漆黑精煤堆砌的旺火。

“二爷爷，风大雪大，我们还是回宾馆吧。”我建议，搀扶老人就往宾馆那边走。

二爷爷恍惚了一下，随即笑：“好好，走吧。今年除夕夜，一定要与众不同地大大热闹一番！”

在我想象里，有生以来第一次没有和家人在一起吃的这顿年夜饭，应该是一个特别热闹的场景：四五十人围坐在三桌大圆餐桌旁，老有人进出传递食品、酒水饮料、碗碟杯筷，老有人提议喝酒，老有人往我的饭碗里夹菜。各式鸡鸭鱼肉，还有懒豆腐、苦菜、浑源凉粉等我们大同人爱吃的地方美食，以及蘸糕和羊肉汤，把大圆餐桌堆得满满的。众人说笑着，叫嚷着，不断碰杯。人声鼎沸，压过了电视上春晚的锣鼓喧天。

真实的这顿年夜饭，有点像我的想象，又太出乎我的意料了。因为我穿起厨房的白色工作服，临时当起了传菜工！

年夜饭特别丰盛，包括十道热菜，四个凉菜，六种主食，两碗汤，还有喝不完的啤酒和饮料。厨房太缺人手了，我和韩彻用餐车送了四分之一的年夜饭进餐厅。刚开始我俩还是精神小伙儿，假装大人，做出绅士模样，还和餐桌上的程序员们要红包。跑了七八趟后，我们渐渐精疲力尽。到上主食的时候，我看着喜欢的油糕却一点儿食欲都没有了。

程序员们不喝白酒，二爷爷嫌啤酒没劲儿，而且程序员们太闹腾，他老人家接受了众人敬酒后，就回到房间中，舒舒服服躺在客厅沙发上剔牙、看电视。屏幕上正在播放各地抗灾情况，不仅仅是大同地区，全国范围内都出现了极端反常的低温天气。

我和韩彻也溜回房间，正看到屏幕上熟悉的中央电视台，几个主持人正在说吉利话。

“这是春节晚会?”我说道。

“这顿年夜饭你们吃饱了吗?”

“东西是都挺好吃的。可是，我都吃不动了。”

年夜饭特别丰盛，包括十道热菜，四个凉菜，六种主食，两碗汤，还有喝不完的啤酒和饮料。

韩彻叹气，“哎，劳动一点儿没让我提升食欲。”

二爷爷说：“这么胡吃海喝没多大意思。我本来是和江涛设计了一个大排面，要更好玩儿一点，我比你们喜欢热闹，可……”二爷爷突然停住，看看我们，眼珠子滴溜溜乱转。

我顿觉不好，他老人家这个表情太诡异了，他有想法！

二爷爷立刻接通了江涛的电话：“江涛啊，这到子夜还早呢。咱们不能就醉倒在电视机前守岁啊！你有什么好主意吗？”

● 听听科幻广播剧，
学学科幻小知识
开启你的科幻之旅

14 今夕何夕

我又站在了云冈石窟面前。

深蓝的天空，金黄的月亮。

天穹之下，云冈石窟山壁轮廓柔和，西边露天大佛处呈现的巨大阴影，就如轻柔的海的波浪，生成一个绮丽的梦境，引诱人的目光和脚步。

这不是我上次离开的云冈石窟，那时，这里只有昙曜五窟。武州山下，驿道上车水马龙，旅客常

我又站在了云冈石窟面前。
深蓝的天空，金黄的月亮。

常下马停车，在大佛前伫立，入灵岩寺叩拜。

“江天，你发什么傻，快走！”韩彻拉我，“再迟，宴席就开始了。”

“什么宴席？”我问。

韩彻惊讶：“嗨，今天除夕啊，孙爷爷在这里摆宴庆贺。你怎么忘了呢？”

我还是不清醒，追问：“哪个孙爷爷？”

韩彻便抚摸我的额头，诧异：“没发烧啊，怎么尽说胡话？”

我推开他，上下打量，他这个样子是陌生的，他竟然还有胡须，“你，你是什么人？”我喝问，“为何你穿的衣服与帽子，和我如此相像？我曾经在哪里见过！”

“江天！”韩彻跺脚，“你忘记我们这是在‘云上三晋’之大同了吗？我们现在变身为成年男子，这身装扮就是照云冈石窟第17窟雕塑来做的，你我当初看着工匠把它雕完，还直夸好看！你都忘记了？”

“你是韩彻？”我依稀记得这些事情，又似乎这些都只是从书上读到的奇怪故事。

“江天、韩彻，你们在那里嘀嘀咕咕什么。快来!”那边灯笼下有人大声喊叫，还冲我们招手。

韩彻就带我快步走过去。

那边灯火辉煌，竟然也堆了旺火。旺火后，窟前大屋门口，平台上摆了三张大桌，二三十人围坐桌旁，有些人装束精致，有些人则宽袍大袖十分飘逸。正中坐着一位长者，戴了高高的飘着丝带的帽子，袍子宽大得能藏下两个我，特别有仙人气质。他旁边站着一位挺拔的青年，穿轻便盔甲，腰部佩刀，俨然一位威武的将军。

“二爷爷！三叔!”我看清他们的面貌，认出来了，记忆渐渐清晰。看来刚才我进入系统的过程不太顺利，稍稍影响了我的思维，现在才恢复了正常，我问:“是我在云上大同之中，还是你们都在呢?”

“我们都在啊!”江涛笑，“这是云冈石窟最鼎盛的时期，看看你左右两边那些建筑，都是寺院，从石窟顶到石窟前面，一直延伸到武州山下的河畔，佛塔、佛殿、讲经堂、藏经阁，译经处，人来人往络绎不绝。”

“那时候，有很多佛教徒云集在此。”二爷爷悠然说："此时，是他们诵经吟唱，祈福新年时刻。"

"孙爷，目前我们的虚拟现实增强技术，还只能做到这个程度。以后考虑把新年寺庙的活动添加进去。"那个胖子程序员说。

我有点疑惑，"三叔，系统同时登陆那么多人，能吃得消吗?"

"内测最多时候登陆了40人，今天差不多。不过，今天我们不内测。"江涛笑，拍巴掌，"诸位，真实世界大雪遮天，连放个鞭炮都不能。除夕太安静了就没年味儿了，所以呀，咱们孙大掌柜就提议，到这云冈石窟来过个除夕！今天晚上，大家喝个够，闹个够!"

我这才注意到，桌子上堆满了美酒佳肴，而且就是我们今天晚上的饭菜。三叔这个搬运速度也太快了。

"素材组的小姐姐最喜欢拍菜品。"江涛解释，满脸得意之色，"我没让她发朋友圈，先把信息送到了这里。"

二爷爷提了个建议："小胖啊，寺庙活动现在加不上，你可以把灯会场景挪几个过来，添点热闹。"

小胖放下酒杯，“您这提议好啊。江头儿，能不能干？”

江涛笑：“你评估，今儿晚上我放权限给你们。”

程序员们兴奋起来，都停了筷子和杯子，找联络器，做程序。

“好，你们赶紧准备。”江涛催促程序员们，随即宣布：“手脚麻利点儿，快点儿！5分钟后客人就到了。然后，就上文艺表演。”

“客人？文艺演出？”我吃惊，“三叔您真的是顺应二爷爷的想法，临时起意吗？”

江涛笑：“临时是临时，起意可早就有了。江天，你知道我们身后的大门里，是云冈石窟的第几窟吗？”

“第几窟？”

“第12窟！又被称为‘音乐窟’，前殿上壁雕塑了几十位伎乐天人，他们在演奏琵琶、古琴等各种乐器，在开音乐会！这是我国古代最早的乐团演奏实录！”江涛激动，满眼闪光。

我对这个窟有印象，因为它是彩色的，特别绚丽好看。可是三叔现在提这个……

“三叔，您不会复刻了那些乐师，给我们开场古音乐会吧?”我低呼。

三叔说：“为什么不可以？我的音乐团队可强大了，他们为此忙了小一年呢!”

这时候，夜色里忽然响起清脆婉转的铃声，黑暗中走过来四位现代装束的青年。

“欢迎来自‘云上西域’的同事们。”江涛介绍。

“大家好，我们是‘云上星球’西域管理局的。”西域青年们微笑，“来得匆忙，没带什么年货，只有一头烤全羊，给大家尝尝我们西域特色。”话音刚落，一头金黄油亮的烤全羊就出现在餐桌上，香气扑鼻，让人垂涎三尺。

“大家别客气，趁热赶紧吃!”西域青年们说着，拿出小刀，手起刀落，烤羊就被分割成许多肉块，分到众人的碗盘中。

我的盘子里也有一块，外皮焦黄发脆，肉绵软鲜嫩，咬上一口满嘴流油，太香了。我在现实世界中吃过烤羊肉，回忆起来那肉真是又柴又老，一点滋味都没有。

二爷爷显然也有同感，他擦擦嘴边的油，感

慨："你们这些娃娃，逼真就好了嘛，搞得这么完美，以后我咋个再吃烤全羊啊！"

众人笑，给西域青年们敬酒，感谢他们带来这么好的年货。不过，他们这身装束可和环境不搭。马上，江涛的素材组程序员就给他们改了妆。一边改，程序员小姐姐一边介绍："头上给你们裹的，叫介帻，帻就是头巾。你们身上穿的，叫袴褶，短衣长裤，是北魏男子的常服。我给你们的上衣袴，有束腰，领部和袖口镶边，下摆呢，是燕尾状。你们腰上系的是蹀躞带，这个腰带上有小环，可以悬挂短剑、小包等东西，出门特别方便。"

又有铃声。四位穿圆领翻袖袍子的青年走来，他们的衣冠倒是很符合石窟的场景，但他们的肤色太黑了。

"大家好，我们是'云上星球'海南管理局三沙分局的。"青年们自我介绍。"海南那边新年是旅游旺季，事情特别多。我们待不了多长时间。"

"起码待到新年钟声敲响，还有一个小时。"江涛热情地拥抱他们，"尝尝我们山西的酒！"

"还有我们西域的烤全羊。"云上西域的人喊。

“噢，那我们就给大家献上一个海之舞吧。”三沙青年们说，袖子一抖，前庭就忽然暗了下去。接着，星星点点，无数晶莹的光芒闪过，幽深的水波浸过我们，一只巨大的座头鲸在我们头顶游动，阳光从它的背上折射下来，在水波里形成一道柔和的光柱。鱼儿们游动过来，一层层包裹光柱，顺光逆流而上，鱼鳞透光，宛若舞动的绸缎。

没有音乐，但水、鱼与光的完美配合，跳跃出世间前所未闻的绮丽舞蹈。

我们不由得鼓掌，尽力赞叹。

“大家都这么棒，身为东道主，我们当然也准备了节目。”江涛终于要放大招了。刚刚我们在视觉与味觉上都享受了大餐，它能再给我们什么呢？

音乐缓缓响起，如同天籁。缥缈无来处，却又似乎处处都在，柔和清冽，一点点渗透到我的毛孔中去。我有点战栗，对即将到来的美好充满了期待，却又害怕失望。瞬间忐忑不安。握了酒杯的手停在半空。

忘记说了，北魏的酒，还是米酒，没有后世那么高的酒精度，所以二爷爷允许我喝一点点。

12窟的大门缓缓打开，从墙壁上走下一位中年人，紫衣华服，他手里拿个板子，敲击。音乐声停，他大声说了几句话，古音婉转。

“他是乐队指挥，他说，贺新年，庆丰收，祝福来年风调雨顺。”环境组的程序员解释，“我们用了客家方言和河北方言结合创造的，北魏鲜卑族口音没法模仿了，但我们都知道鲜卑族极力融合到汉族中去。而那时候汉族使用的是中原官话。”

不过，没人注意指挥说的话。他身后陆陆续续有乐师从墙上下来，手持各种乐器。乐师们都衣衫鲜艳，姿容优美，手中乐器旁有闪烁的小黑字标注了乐器名称。弹奏类的有五弦，就是现在的琵琶，弹筝、竖箜篌、曲项琵琶，以及很像三弦的筑；吹奏类的有排箫、笛子、法螺、觱篥、埙与胡篪；打击类的有细腰鼓和羯鼓。在一阵富有节奏的鼓点之后，音乐的旋律次第展开，乐声豪迈处高亢激昂，起承转合时铿锵有力，有西域大漠的苍凉，也有纵马奔驰的豪放，更有醉酒千壶奔放的热烈。

乐师们陶醉在自己演奏的音乐中，徐徐离地，一边吹拉弹唱，一边舞动。一队一队飞天，飞出洞窟，在乐师头顶翩翩起舞。她们赤脚长裙，佩戴瓔珞和丝巾，舞动起来犹如花朵开放，她们四周也确实有花朵飞落。飞天们随音歌唱，清澈嘹亮而纯净的声音在山林洞窟间穿过，绵绵不绝。

有的程序员们走近乐师，和他们一起，踩着鼓点跳舞。

清脆的鞭炮声突然“噼哩啪啦”响起。旺火“呼”一下点燃了，火光腾空而起，映红了天穹。满天烟花齐放。华美的灯笼飘浮过来，在烟花的海洋中晃动。

听、闻、嗅、触……身体所有器官的感知都被深深满足了，我沉浸在无比美妙的体验之中。

“拜年了！”三叔首先对二爷爷说，“祝您老如不老青松，坐镇大后方，让我们后辈勇敢地乘风破浪！”

听听科幻广播剧，
学学科幻小知识
开启你的科幻之旅

15 旺气冲天

旺火点燃后，火苗从火堆周身的无数小孔中喷出，既御寒，又壮观。为了衬托景色，环境组的程序员们将室外温度调到零下十度，并且开启了降雪模式。

人造的雪要比真雪漂亮许多，主要是一点儿都不冷，也没有刺骨的寒风。

银雪，红火，动听的音乐，满天璀璨的灯光。

我的眼睛看不够，我的耳朵听不够，我觉得此刻找手机拍照的都是傻子。

一切科学开始看都似魔法，而此时此刻，便是虚拟现实增强技术的大展示，科学魔法的高光时刻！

“数学真好！”我对胖子程序员大声说。

“当然！一切美好归算法！”程序员已经半醉，扶住我的手笑，“所谓AI、人工智能，不过是沿着人类智慧开辟的算法加速运转！算法万岁。”

“数学万岁！”我笑。

我们所有人围着旺火，手拉手拉出一个大圈。这是传统，要围着旺火正转三圈，反转三圈，借旺火“旺气冲天”，给来年讨个平安吉利，心想事成。

我们吵闹着，叫嚷着，欢笑着，踩不齐鼓点，走乱了脚步，圈子转转停停，停停转转，忽然，速度快起来。那些旺火似一条条吞云吐火的飞龙，带着我们升腾云霄，遨游在锦绣中华的大地上空。

“云上三晋浸润式服务系统”贡献出了它最气势磅礴、最辉煌壮丽的场景设计。

我实在无法用语言文字描述这个除夕。数学也不行。我对整个“云上星球”系统充满了崇拜和敬

我们所有人围着旺火，手拉手拉出一个大圈。这是传统，要围着旺火正转三圈，反转三圈，借旺火“旺气冲天”，给来年讨个平安吉利，心想事成。

仰，这更加坚定我以后要加入三叔团队的决心。

我们直转到精疲力尽，或伏桌大笑，或躺地快乐得呻吟。没有一个人不兴奋到极致。

过了一会儿，大家慢慢恢复原状，北魏乐团和飞天们都回归原位了，江涛才说：“刚才过去的除夕，要不是在云里，我们就会过一个人的节日，视频聊天，打打游戏。但云系统给我们带来了群体的欢乐，还有群体振奋的力量。早先我家人说，现在因为灾情封城，大家都出不了门儿，这套云系统可以让大家重新体验外出旅游、会客、读书，甚至贸易的需求。这样物理上大家还是待在家里隔离，等灾情过去，但心灵和精神领域却和往常一样，甚至会比往常更有收获。因为脚步停下来了，心灵的探索反而更深入了。”

空中那些漂亮的彩灯一盏盏消失了。只有旺火和细细的雪花陪着我们。所有人都安静下来，听江涛讲话。

江涛继续说：“我们本来是要春节后公测的，好多准备工作都是计划春节后开始。但我家人说，如果要开始，为什么不马上开始？现在正是大家需要这套系统的时候。我们做AI应用的，大众的需求就是冲锋的号角，就是我们前行的方向。所以，我把西域和三沙的同事都请来了，就是想问问大家，我们今天就开始准备，尽早公测行不行？公测准备了2000套简易服务系统，效果好的话就必须马上投产。但这个时候，我们能不能找到厂家？好多问题，我需要大家和我一起思考，一起来决策。因为一旦决定公测，我们的工作量会加大好多倍，我一个人肯定是干不了的。所以这事儿我得听大伙儿的。”

怎么回事儿，江涛把提前公测的想法说了出来？那我不用紧张二爷爷会冲动了。但二爷爷您拿筷子敲碗是啥意思？

“我年轻的时候，”二爷爷咳嗽一声，开了个话头。我觉得他要长篇大论做思想动员了。他这脾气，应该是支持提前公测的。

众人的目光都集中在二爷爷身上。

二爷爷接着说：“我年轻的时候，在农村当拖拉机手。那时候大队还在，就是农村的基层组织，大队下面是小队，小队下面有生产小组。跟你们现在大项目组下面有分项目是差不多的结构。我呢，是生产小组的组长，一到农忙，就得带着组里的七八家农户，上田里干活。不能迟，农时等不了人。可我还是拖拉机手，哪儿需要就得去哪儿，自己组里的田地，反而经常顾不上。组里其他人就把我那份田地里的活儿给干了，好让我踏踏实实去开拖拉机。为什么呀，因为大队队部的墙上，刷了五个大字‘为人民服务’！”

二爷爷您确实是过了70岁了，我现在怀疑您改了自个儿的年龄，应该是过了80岁？回头我得去查查大队这组织机构是什么时候没有的。

但是众人并没有惊诧与不可思议的表情，还都安静不动地听着，这种尊重的态度表现出了团队整体的高素质。我觉得，我能猜到大家的决策了。

“咱们说‘为人民服务’，人民是谁？我是，你们是，大同的四百万居民是。哎呀，大家互相服务，互相帮助，这是多美好的世界。”二爷爷站起来，雪停了，旺火映照着他脸上，他认真严肃，却又平和亲切，“灾情严重，全国都很紧张。我们这时候能做什么？配合减灾部门的工作，不添乱，这是基本做人的道义。生产防灾物资，加入防灾灭灾志愿者，这得看能力和需求。我们是用头脑工作的，所以，想想我们能用头脑做什么。好吧，我就说这么多。你们考虑。”

二爷爷这个发言，短小精悍，声情并茂，还不预设立场，太精彩了！

程序员们沉默了片刻，便开始窃窃私语。忽然胖子问：“那孙爷您发加班费吗？”

众人大笑。

“问得好。”二爷爷却一本正经，“国家规定春节期间加班三倍工资，我想你们江总可不敢违背劳动法。”

江总，就是我三叔江涛，他揉揉冻红的鼻子，说：“要是我们卖悬空寺、灯会和云冈石窟的云门票，应该可以把加班费赚回来吧？”

呵呵，果然买的没有卖的精，无商不奸的古话还是很有道理的！

虽然大家基本认同了提前公测，江涛还是以投票来代替他个人做决定。西域、三沙团队也参加了投票。公测一旦提前，他们两家需要给我们外援支持。全场只有我和韩彻没有投票权，但我们全程监督。

投票程序十秒钟得出结果，92%的投票者支持提前公测。西域、三沙团队都投了赞同票。

“谢谢你们!”江涛的眼圈儿红了，“接下来就拜托大家了。”

接下来的将会是24小时的无休无眠，随时保持注意力的紧张，以及各种应急方案的梳理和调整，还有超多人和单位的沟通协调……整个团队都会承受巨大的压力。所有人都明白，但他们脸上是无所畏惧的神色，这算难吗?

“等等头儿，投票系统的意见总结还没有出来。”有人提醒。

又过了十秒，投票中附带的意见总结完毕，位居第一位的意见居然是：

我是大同人，请将公测机会给我家人，我负责沟通调试!

江涛点头：“好，谢谢大家主动承担，肯从自己的亲朋好友开始。谢谢大家。喝了这杯酒，我们就回去干活儿吧!”

韩彻悄悄地也拿起了一杯啤酒，我瞪他，他只好放下酒杯，嘟囔：“反正，也没有真喝。”

“你错了。‘云上星球’虽然是一个虚拟的世界，是在真实世界基础上的重构，但它是我们心灵的真实世界。你有所思想，便有所表现！”我拍拍韩彻的肩，“做人，无论到哪里都应该是一样的。”

大年初一，“云上三晋”之大同板块通过网络发布了即将公测的消息，并开放1735个公测名额。本来一共2000个名额，但是内部就认领了265个。这其中有我认领的5个。我要带爸爸妈妈，爷爷奶奶，还有妹妹登临悬空寺，夜游古城墙的灯会，听北魏洞窟交响乐！

“要教老人家学习使用这套简易系统，还是得花费精力的。”江涛提醒我，“你可别贪多嚼不烂。”

“没事没事，我耐心，肯定能教会他们。二爷爷您也要一个名额，您给谁呀？”

“你这没良心孩子，你小舅啊！给了我们这么多窗花，不得当供应商看吗？江涛啊，明儿做大同老街的时候，千万别忘记给‘纸上锦绣’个门脸儿。”二爷爷要求。

江涛笑：“没问题。那您几位赶紧去上培训班吧。尽快学会，我们尽快投放！”

大年初四，雪终于停下来了，趁天上风不大云不重，五十架无人机从恒山山脚起飞，携带着包装严密的“云上三晋大同板块”简易服务系统，向大同市飞去。

我站在院子里，在依然熊熊燃烧的旺火旁，看着无人机远去的身影，内心激情澎湃。

我知道，一个新的时代即将开始了。

我幸运地站在了这个时代的门槛上。

“韩彻，”我叫他。

“干吗？我还要复习培训手册呢！”韩彻回答。他认领了4套系统，感觉压力山大。

我说：“复习完，我们刷数学题吧！我还找了一本《编程基础》。”

韩彻顿时愁眉苦脸。

我笑。

我看到未来如一只金色大鹏，正展开了壮丽的翅膀。